藏在古诗词里的中华文明

礼节风俗

华 章 —— 编著

济南出版社

图书在版编目（CIP）数据

礼节风俗 / 华章编著. -- 济南：济南出版社，2024.7. --（藏在古诗词里的中华文明）. -- ISBN 978-7-5488-6547-6

Ⅰ. K892.26-49

中国国家版本馆 CIP 数据核字第 2024Z6M823 号

藏在古诗词里的中华文明：礼节风俗
CANG ZAI GUSHICI LI DE ZHONGHUA WENMING：LIJIE FENGSU

华章 编著

出 版 人	谢金岭
责任编辑	李　敏　孙梦岩
封面设计	张　倩
绘　　画	胡　琳　黄　卓

出版发行	济南出版社
地　　址	山东省济南市二环南路1号（250002）
总 编 室	0531-86131715
印　　刷	河北吉祥印务有限公司
版　　次	2024年7月第1版
印　　次	2024年7月第1次印刷
开　　本	170mm×230mm　16开
印　　张	13.5
字　　数	137千字
书　　号	ISBN 978-7-5488-6547-6
定　　价	45.00元

如有印装质量问题 请与出版社出版部联系调换
电话：0531-86131736

版权所有　盗版必究

古诗词里有乾坤

中国是诗的国度。《诗经》、楚辞、汉乐府、唐诗、宋词、元曲……古诗词是中华民族的文化瑰宝,传承至今仍熠熠生辉,具有旺盛的生命力和时代活力。古代的文人墨客用生花妙笔,记录自然风物、社会风貌、日常生活、内心情感,可以说涵盖中华文化的方方面面,为我们提供了一把解读和感受优秀传统文化的钥匙。

古诗词里藏着丰富多彩的服饰文化。古人的衣橱是什么样的?是不是也和我们一样,有着各式各样的衣物和配饰?古代的"潮人"穿着什么样的服饰?翻开这套书,你会发现,原来古人在服饰上有那么多讲究!那华美的襦裙、飘逸的宽袍大袖、精致的佩饰和头饰等,都承载着古人对美的追求和对生活的热爱。

古诗词里藏着多种多样的礼节风俗。我国自古以来就是"礼仪之邦",礼仪早已深深植根于每个人的心里。从出生到成年,古人要经历多少礼仪?四季轮回,人们要庆祝哪些节日、遵循哪些风俗?翻开这套书,你可以读到有关礼仪、节日、风俗的起源与传说,感受穿越时空的温馨与感动……

古诗词里藏着源远流长的饮食文化。民以食为天,作为拥有五千多年文明史的泱泱大国,我国有着悠久的饮食文化。一年四季,一日三餐,古人在"吃"上都有哪些讲究?"雕胡饭"是用什么做的?"薤"是什么蔬菜?"饮子"又是什么饮料?翻开这套书,一起感受古代的人间烟火吧!

古诗词里藏着赏心悦目的传统曲艺。我国古代人民有着多姿多彩的娱乐活动，他们也会像今天的人们一样看戏、听曲，欣赏舞蹈。那么，笛子和箫是如何发展演变的？"高山流水"的故事发生在哪儿？"梨园"是如何与曲艺联系在一起的？诸多音乐、舞蹈、曲艺项目不仅丰富了古人的生活，还为我们留下了宝贵的非物质文化遗产。

古诗词里藏着令人叹为观止的工程建筑。在一首首流传至今的诗篇中，我们不仅能够了解古代社会的风貌，还能感受到古代劳动人民的伟大创造力。他们用非凡的智慧和精湛的技艺建造了一座座令人叹为观止的工程建筑，为世界留下了奇伟瑰丽的文化遗产。

古诗词里藏着雄伟壮观的地理风貌。昆仑山上有《西游记》里所说的神仙吗？趵突泉为什么被称为"天下第一泉"？雷电是怎么形成的？大自然鬼斧神工，在中华大地上造就了万千山河湖海、地形地貌和气候现象。

古诗词里藏着精湛高超的器具工艺。你知道曹植《七步诗》里所写的"豆在釜中泣"的"釜"是什么吗？"江船火独明"中的"船"在当时都有哪些种类？"纸尽意无穷"，纸是怎么做的，又是怎么传播到世界各地的？古时劳动人民在生活里创造了种类繁多的器具，发展出了高超的生产技艺。

《藏在古诗词里的中华文明》丛书共七册，从"霓裳风华""礼节风俗""传统美食""音舞曲艺""工程建筑""地理风貌""器具工艺"等不同的侧面，展现中华文化之美，发掘传统文化之价值，传递中华文明之魅力。希望这套书能为广大读者尤其是青少年读者，提供探索传统文化的一扇窗口，播下传统文化的种子，让中华文明薪火相传。

目 录

一 成长礼仪

01 惟愁错写弄獐书·诞生礼 /002

02 惟愿孩儿愚且鲁·三朝礼 /005

03 月满增祥荚·满月礼 /008

04 生来始周岁·周岁礼 /012

05 见汝成童我眼明·成童礼 /016

06 弱冠同怀长者忧·冠礼 /019

07 年纪方及笄·笄礼 /023

二 社交礼仪

08 稽首再拜之·九拜之礼 /027

09 小儿踉跄能作揖·作揖礼 /032

10 危坐学踵息·坐礼 /035

11 踞上座,掀髯语·座次礼仪 /038

12 服其命服,朱芾斯皇·服饰礼仪 /041

13 寻君不遇又空还·拜访礼 /044

14 蓬门今始为君开·迎宾礼 /047

目 录

三 婚丧礼仪

15 敬兹新姻,六礼不愆·六礼 /052

16 为他人作嫁衣裳·婚服之礼 /056

17 我家新妇宜拜堂·正婚礼 /059

18 待晓堂前拜舅姑·成妇礼 /062

19 谁家寒食归宁女·归宁 /065

20 吊祭尽儒流·吊祭 /068

21 居丧白发新·居丧 /071

四 祭祀礼仪

22 祭天马酒洒平野·祭天 /076

23 祭地肆瘗,郊天致烟·祭地 /080

24 箫鼓追随春社近·春社 /083

25 邻曲乐年丰·秋社 /087

26 策马归乡祭祖庭·祭祖 /090

27 今看两楹奠·祭孔 /094

目 录

五 君国之礼

28 明主初登极·登极仪 /098

29 百神朝帝台·朝仪 /102

30 大禹受禅让·禅让礼 /106

31 金鸡忽放赦·赦礼 /109

32 圣明天子初巡幸·巡幸礼 /112

33 丰泽籍田将御苑·籍田礼 /115

34 信行塞外还交聘·聘礼 /119

35 因行射礼命群贤·射礼 /123

36 大夸田猎废农收·田猎礼 /127

37 何时闻遣将·遣将仪 /130

38 圣主亲征百辟从·亲征仪 /133

六 民间风俗

39 忙趁东风放纸鸢·放风筝 /138

40 小儿著鞭鞭土牛·鞭春牛 /141

41 杨柳东风树·折柳送别 /144

42 原是今朝斗草赢·斗草 /147

43 知有儿童挑促织·斗蟋蟀 /150

44 无人不送穷·送穷 /153

45 学人拜新月·拜月 /156

46 闲庭散旧编·晒书 /159

目 录

七 节日风仪

47 一年结局在今宵·除夕 /163

48 爆竹声中一岁除·春节 /167

49 六街灯火闹儿童·元宵节 /170

50 巳日帝城春·上巳节 /173

51 寒食东风御柳斜·寒食节 /176

52 清明时节雨纷纷·清明节 /179

53 佳节又端午·端午节 /183

54 七夕今宵看碧霄·七夕节 /187

55 六宫最重中元节·中元节 /190

56 明月几时有·中秋节 /193

57 每逢佳节倍思亲·重阳节 /196

58 冬至阳生春又来·冬至 /199

59 争知腊八是今辰·腊八节 /203

60 灶君朝天欲言事·祭灶节 /206

一 成长礼仪

从孩子呱呱坠地到满月、周岁、成童……古人有很多礼仪方面的讲究。我们可以从古诗词中了解这些成长礼仪，体会古人对礼仪的重视，还可以在古风古韵的熏陶中，学会谦逊有礼、明理守节，成长为气质高雅、品德高尚的少年。

01 惟愁错写弄獐书·诞生礼

贺陈述古弟章生子　　［宋］苏轼

郁葱佳气夜充闾(lú)，始见徐卿第二雏(chú)。
甚欲去为汤饼客，**惟愁错写弄獐(zhāng)书**。
参军新妇贤相敌，阿大中郎喜有余。
我亦从来识英物，试教啼看定何如。

一
成长礼仪

宋代大文豪苏轼不但才华横溢，还很风趣幽默。朋友的第二个孩子出生了，他赶紧作了这首诗贺喜。

宋朝人生下孩子，照规矩要请亲朋好友吃一顿宴席，宴席上的主食是汤饼（指面条类的食物）。苏轼在诗中说："我很想去参加生日宴会，却只怕写错了'弄璋（zhāng）'的'璋'字。"这"弄獐"背后有个好笑的故事，原来，古代把男孩出生称为"弄璋之喜"，璋是一种玉器，也是古代的一种礼器，可唐朝宰相李林甫却把"璋"写成了"獐"（指獐子，一种山林野兽），惹得大家偷笑不止，都说他不学无术还想卖弄斯文。苏轼巧用了这个典故，让大家又想起了这件趣事。

从苏轼的诗中，我们能看出古人对孩子出生是非常重视的。为了迎接小生命，父母、亲人、朋友会举行各种庆祝仪式，这就是"诞生礼"。这些仪式不光凝聚了大家对孩子的爱意，还含有祈福的目的，表达了人们希望孩子能够健康成长的美好愿望。

"弄璋""弄瓦"就是诞生礼，指的是为刚出生的男孩和女孩举行的不同的诞生礼。《诗经·小雅·斯干》写道：生了男孩，让他睡在床上，穿上华美的衣服，给他玩贵重的玉璋，希望他能成为栋梁之材；生了女孩，就让她睡在地上，把她包在襁褓（qiǎng bǎo）里，给她玩纺轮，希望她能够成为心灵手巧的女子。这就是"弄璋之喜"和"弄瓦之喜"的由来，这里的"瓦"不是屋顶的瓦片，而是陶制的纺轮。

《礼记·内则》中还说，生了男孩，就要在房门左边挂上一张

弓，希望孩子强壮勇敢；生了女孩，就要在房门右边挂上一条佩巾，希望孩子勤劳能干。所以孩子的诞生又被称为"悬弧（hú）""悬帨（shuì）"，这里的"弧"和"帨"指的就是弓和佩巾。

孩子出生后，爸爸还要赶到亲友家报喜，特别是要到孩子的外公外婆家报喜，这叫"报生礼"。报喜的时候不能空着手去，而是要带上喜蛋、喜饼等礼物。

喜蛋就是染成红色的鸡蛋，相传它和三国时的名相诸葛亮有关。那时周瑜用招亲的办法，想把刘备骗到东吴，扣下作为人质。诸葛亮识破了周瑜的诡计，让刘备带上大量染红的鸡蛋，到了东吴逢人便发。一时间，吴蜀联姻的消息传得沸沸扬扬。东吴方面没有办法，只好同意了这门婚事，落了个"赔了夫人又折兵"的结果。从那以后，很多人家在结婚时都会给客人送喜蛋，又因为"蛋"和"诞"同音，所以在孩子降生后也会用送喜蛋的方式向亲友报喜。

在现代，出生礼已经大大简化了，不过像报喜之类的仪式还是被继承了下来，年轻的爸爸妈妈会准备喜蛋、喜糖、喜饼等礼物赠送给亲朋好友，让大家一起来分享自己为人父母的快乐心情。

02 惟愿孩儿愚且鲁·三朝礼

洗儿诗　　［宋］苏轼

人皆养子望聪明，我被聪明误一生。

惟愿孩儿愚且鲁，无灾无难到公卿。

藏在古诗词里的中华文明
礼节风俗

　　苏轼不仅爱开别人的玩笑，还常常用幽默的语气自嘲。他的小儿子苏遁出生三天，要举行"洗儿"的仪式，他就写了这首诗，说自己这辈子很不顺利，动不动就被贬谪（biǎn zhé），算是被聪明耽误了一生，所以宁可孩子没有那么多的智慧，甚至可以愚鲁一点，只要无灾无难、平平安安地过一生就好了。字里行间，苏轼表达了对孩子深沉的爱，同时抒发自己满腔的激愤，讽刺那些公卿大臣全是"愚且鲁"的无能之辈。

　　至于诗中的"洗儿"，也叫"洗三"，是在孩子出生后的第三天举行的洗浴仪式。"洗三"，一方面可以洗掉孩子身上的污秽（huì），有助于身体健康；另一方面也有祈求吉祥如意的意思。

　　洗儿的仪式在隋唐时期就已经出现了，宋代时更加流行。人们会请来有经验的接生婆，用艾叶、桃树根等药草煮成洗澡水，给孩子洗身。洗的时候，亲朋好友欢聚一堂，把洗澡水倒入盆中，用数丈彩条围绕澡盆，这叫"围盆"；大家还可以向澡盆里添加清水、银钱，这叫"添盆"。洗完以后，还可以用姜片、艾团擦擦孩子的关节部

位，再用葱轻轻地在孩子身上打三下，这是在祝愿孩子长大后变得聪明伶俐。

除了洗儿外，在这一天还要举行一些仪式，统称为"三朝礼"。比如人们会举行"三朝开奶"的仪式，也就是让孩子在吃奶之前，先尝一尝黄连的味道，意思是让孩子从此不怕吃苦。有些地方还会用醋、盐、黄连、钩藤、甘草制成"五味"，让孩子在吃奶前尝一点，好让孩子知道只有尝遍人生的各种滋味，才能享受到最后的甘甜。

此外，还有"汤饼会"的仪式，这是为了庆祝孩子出生满三天、满月、周岁时举行的庆贺宴会，因为宴席上的主食是象征长寿的汤饼，所以就为这个仪式起了这个名字。同时，前去庆贺的客人也会自称"汤饼客"。

在这一天，外婆家也会"送三朝礼"，向孩子赠送丰富的礼品。在古代，外婆家要送给孩子一年四季用的衣裤、尿布、摇篮等，有些富裕人家还会赠送金银项圈、手镯等贵重礼品。

随着时代的进步，三朝礼中的很多礼仪已经被人们遗忘了，但人们对新生儿的祝福之意不会改变。

03 月满增祥荚·满月礼

中宗降诞日长宁公主满月侍宴应制
[唐]郑愔(yīn)

春殿猗(yī)兰美，仙阶柏树荣。

地逢芳节应，时睹圣人生。

月满增祥荚(jiá)，天长发瑞灵。

南山遥可献，常愿奉皇明。

一
成长礼仪

　　满月礼是在孩子出生满一个月时举行的各种礼仪。古代卫生条件不好，古人认为小婴儿能够平安存活一个月就是渡过了一个难关，所以要举办仪式来进行庆祝，这叫作"足月之喜""弥（mí）月之喜"。

　　在唐代，满月礼不但风靡民间，还传到了宫中。每当有皇子、公主满月，宫中就会举行盛大的宴会，朝臣们也会赋诗祝贺。郑愔的这首诗就是为了庆贺长宁公主满月而作的，这天恰好也是唐中宗李显的生日，算是"双喜临门"。当时很多大臣都写了诗，而郑愔的诗是其中的精品，他把满月宴的环境描写得仙气十足，又加入了自己丰富的想象，还把吉祥的祝福语自然而然地融入诗中，让人读起

来不会有生硬的感觉。

　　这首诗诞生于宫宴上，从这也能看出，满月礼中有一个非常重要的习俗，那就是要办"满月酒"宴席，并提前告知亲朋好友，邀请大家都来见证孩子的健康成长。在酒宴上，大家一起举起酒杯，说一些祝福的话语，共同祝愿孩子一生平安幸福。

　　另外，应邀赴宴的客人们也要准备好礼物，文人雅士会赋诗留画作为礼物，而平民百姓会赠送一些衣物、玩具之类的物品。

　　酒宴结束后，很多家庭还会给孩子剃发，这也是小婴儿降生以后第一次理发，又被称为"落胎发""剃（tì）满月头"。

(一) 成长礼仪

在不同的地方，剃满月头的习俗有所不同，但其中一个共同点是不能把胎毛剃光。一般情况下，会在小婴儿的头顶心或脑门处留下一撮头发，民间俗称"桃子头""米囤头"等。

剪下来的胎发可以制成"胎毛笔"，这种习俗在唐代就已经非常流行了。相传，有个穷苦的读书人准备上京赶考，可是又没钱购买上好的毛笔，他的母亲就拿出以前留下的胎发做成毛笔的笔头，再配上竹节笔杆做成了一支胎毛笔。读书人用这支胎毛笔写出了锦绣文章，最终高中状元。这件事传开后，大家就把胎毛笔称为"状元笔""智慧笔"。

此外，从满月这天起，孩子也不用一直被保护在温暖的卧室里了，而是可以由家人抱着四处走动，这也有个说法，叫作"满月游走"。有些地方还会由外婆或舅舅把孩子抱走小住几天，这叫"移窠（kē）"或"移巢"，意思是让孩子象征性地见见世面，将来会成长为有见识的人。

04 生来始周岁·周岁礼

金銮子晬日　［唐］白居易

行年欲四十，有女曰金銮。
生来始周岁，学坐未能言。
惭非达者怀，未免俗情怜。
从此累身外，徒云慰目前。
若无夭折患，则有婚嫁牵。
使我归山计，应迟十五年。

一
成长礼仪

周岁是孩子降生后过的第一个生日，在古代也叫"晬日"。大人们对此非常重视，会隆重庆祝这个日子。

唐代大诗人白居易为了庆祝女儿金銮子满周岁，写下了这首诗。在诗中，白居易说，自己快满四十岁的时候才有了这个女儿。他对女儿的成长充满了期待，说自己会尽心尽力抚养女儿长大，哪怕为此把自己归隐的计划推迟十五年，也心甘情愿。一首诗写尽了父亲对女儿的无私关爱，让人读后十分感动。

那么，在孩子周岁这天，都有哪些特殊的仪式呢？

最不能缺少的环节就是"抓周"了。"抓周"也叫"试周""拈周""试儿"，就是在孩子面前摆上一些有代表性的物品，然后让孩

子随意抓取。过去，人们认为，可以从孩子抓到的东西看出他将来的志向。

相传，抓周还和三国时吴国君主孙权有关。当时孙权想看看哪个小皇孙最聪明，就准备了装满珍奇宝物的盘子，让皇孙们去抓。其他孩子都喜欢漂亮的珠宝玉器，只有小皇孙孙皓一手抓住了木简奏章，一手抓住了象征皇权的绶（shòu）带，孙权十分高兴，直夸孙皓是个有出息的孩子。后来，人们学着孙权的做法让孩子抓周，这项仪式也就流传开了。

南北朝时期已经有了关于抓周的文字记载。《颜氏家训·风操》中说，在江南地区，当孩子满周岁时，要为他梳洗干净、穿上新衣，带他去抓周。为男孩抓周准备的物品有弓、纸、笔等，为女孩抓周准备的物品则有尺、针、线等。抓到了弓箭，大人们就说孩子将来可能会习武而成为将军；抓到了纸笔，就说孩子以后可能会习文而成为学者……

唐宋时期，抓周更加盛行。据说唐朝女皇武则天也曾把皇孙都集中到大殿上来，看他们抓周，以此来观察孩子们的志向。宋代的抓周仪式就更热闹了，家人和亲朋好友都会聚集在一起，准备好金银、玩具、书、经卷、花朵、彩缎等让孩子抓周。

除了抓周外，在孩子满周岁时，家人还会宴请亲朋好友，这种酒宴也被称为"周岁宴""周岁酒"。来赴宴的亲友会送上婴儿衣物之类的礼物，其中婴儿鞋是必不可少的，因为满周岁的孩子已经开始学步了，所以亲友们会送上新鞋让孩子试穿。

一
成长礼仪

过去，人们喜欢送虎头鞋给孩子，这种鞋是用黄布精心缝制而成的，鞋头上绣着栩（xǔ）栩如生的虎头。老虎是"百兽之王"，大家都希望孩子穿上虎头鞋后，会像小老虎一样强壮、健康。

总之，周岁礼寄托着人们对于孩子的祝福和期望。现在人们在孩子满周岁时，也会举行各种庆祝活动，有的地方也会抓周，不过已经没有什么迷信的成分，而是将它当成一种有趣的游戏，为周岁礼增添喜庆的氛围。

05 见汝成童我眼明·成童礼

示元礼　　［宋］陆游

燕居侍立出扶行，见汝成童我眼明。
但使乡闾称善士，布衣未必愧公卿。

（一）成长礼仪

孩子一天天长大，即将告别无忧无虑的童年，迈入少年阶段。这时候家人会为孩子举行"成童礼"，让孩子知晓父母的养育之恩，并早早立下远大的志向，所以成童礼也被称为"立志礼"。

陆游的这首诗就提到了孩子成童。诗中的元礼是陆游非常喜欢的孙子，这孩子非常孝顺，在家的时候总是守在爷爷身边服侍，外出的时候也不忘搀扶爷爷。眼看孩子已经到了成童之年，陆游心中十分欣慰。他语重心长地告诉孩子：只要能做一个让人们称赞的好人，即使只是平民百姓，在那些王公大臣面前也绝无愧色。

那么，诗中的"成童"到底指的是几岁呢？对于这个问题，不同的朝代有不同的说法。有说十岁成童、十二岁成童的，还有说八岁成童的。根据宋代晁（cháo）说之《晁氏客语》中的说法，男孩应是十五岁举行成童礼，因为十五岁是人生中一个非常重要的节点，这时男孩心智成熟，可以学习有深度的知识，也可以确定自己的志向。

《礼记》中有"成童，舞象，学射御"的说法，说的就是成童礼上的一些内容。这里的"舞象"指的是一种叫作"象舞"的战舞，古代的男孩在成童礼上学习这种舞蹈，也意味着有能力上战场为国奋战拼杀了，所以"舞象"也成了男孩成童的代名词。

明代以后，在一些地方，十二岁的男孩就可以参加成童礼了。每年农历二月初二、八月初二，满十二岁的孩子会相聚在周公庙，洗净双手，穿上汉服，整理好仪容，再一起念诵《弟子规》，学习在家、外出、待人、接物的礼仪规范。

之后，孩子们还要练习行拱手礼、叩首礼、交手礼，这些都是常见的传统礼仪动作，可以表达孩子对老师、父母和其他长辈的尊敬之情。

成童礼中还有"束发"的仪式。古代的儿童在八九岁前不束发，头发是下垂的发式，也叫"垂髫（tiáo）"；八九岁到十三四岁时，会在头顶两侧扎两个可爱的小发髻（jì），这叫"总角"；到了十五岁时，就要把总角拆开，把头发扎成一束，所以十五岁到十八九岁也被称为"束发之年"；二十岁时，行冠礼，表示已经成人，因为还没达到壮年，故称"弱冠"。对女子来说，十五岁要行笄礼。后文会有介绍。

此外，还有孩子们最感兴趣的"学射御"的仪式，可以练习射箭，以强壮身体、健康成长。

随着时代的发展，成童礼一度被人们遗忘，后来有些地方又开始恢复成童礼仪式，并且仪式内容有了很多变化，庆祝的时间也不局限在二月初二和八月初二，但仪式庄重的意义一直没有改变。

垂髫　　总角　　束发　　弱冠

06 弱冠同怀长者忧·冠礼

重答柳柳州　　[唐]刘禹锡

弱冠同怀长者忧,临岐(qí)回想尽悠悠。
耦(ǒu)耕若便遗身老,黄发相看万事休。

缁布冠　皮弁　爵弁

唐代诗人刘禹锡和柳宗元是一对好朋友，两人曾一同中进士，一同入朝为官，后来又都被贬到不同的地方担任司马。在最艰难的时候，两人作诗相和鼓励对方。

在这首诗里，刘禹锡用感慨的语气回想起往昔的情景，那时他们都是"弱冠之年"，心中都有远大的理想，如今不但壮志未酬，还彼此分离，这让他有些伤感。他这样对柳宗元说："如果真能像你说的那样可以告老归田，咱们两个人就一起耕种，只要两人可以相望相守就知足了。"

他们两人的遭遇着实让人同情，彼此之间真挚的友谊更让人十分感动。那么，刘禹锡提到的"弱冠"指的是什么呢？原来，古代男子二十岁时要举行"冠礼"，即戴上表示成年的帽子，但此时男子的体格还不算强壮，所以才会叫"弱冠"。

古人对于冠礼是非常重视的。先秦时，冠礼会在宗庙举行，而且冠一旦戴上就不能轻易摘下。《左传·哀公十五年》中记录了这样一个故事：孔子的弟子子路在一次激烈的战斗中被人击断了冠下的带子，他当即说"君子死，冠不免"，然后从容地放下武器，系好冠带。可就在这一瞬间，凶恶的敌人扑了上来，把他残忍地杀害了。子路不惜牺牲生命，也不愿意让头上的冠掉落，这是因为冠在古时候代表着尊严和身份。

冠礼的流程曾经是比较烦琐的，主持者一般是受冠男子的父亲，如果父亲已经去世，就由兄长来主持。在加冠前，主持者会先请人占卜，定一个适合加冠的日期；然后确定一位正宾，再邀请一

一 成长礼仪

位赞者为正宾做助手。

在举行冠礼当天,家人要准备好各种礼器,再把缁(zī)布冠、皮弁(biàn)、爵弁三种冠放进托盘中,让担任有司的人托着。三次加冠,将地位最卑的缁布冠放在最前,地位稍尊的皮弁在其次,爵弁放在最后,每加愈尊,是隐喻冠者的德行能与日俱增,所以《礼记·冠义》说:"三加弥尊,加有成也。"

仪式正式开始后,赞者要给男子梳头,再用帛(bó)把头发包好。正宾把手洗干净后,来到男子面前,先取来缁布冠,然后一边说祝福的话语一边给男子戴冠。之后,男子要回到房内,换上黑色的玄端服,再出来面向南方站着。这算是完成了"始加之礼",此后他就有了参政的资格,能够担负起社会的责任了。

接下来还有"二加""三加"的仪式:"二加"时,正宾给男子戴上皮弁,男子要换上白色衣服,这意味着他以后有了参与战事的能力;"三加"时,他要戴上爵弁,再换上

红色衣服，这意味着他有了参加宗庙祭祀的资格和权利，是名副其实的大人了。

"三加"结束后，正宾还要为男子取一个"表字"（以后平辈或晚辈可以用表字称呼他，以示尊敬），冠礼就算正式完成了。

先秦时期，冠礼在人们的社会生活中有非常高的地位，被称为"礼之始"，名列"八纲"（冠、婚、丧、祭、射、乡、朝、聘）和"六礼"（冠、婚、丧、祭、乡饮酒、相见）之首，对个人的人生历程有重大影响，对整个社会也有不容低估的影响。汉代也很重视冠礼，可在南北朝以后，冠礼逐渐走向衰落。冠礼在明代一度得到重视，但很快又变得悄无声息。如今，随着汉服文化复苏，人们开始重新挖掘冠礼这一宝贵的民族文化遗产。

07 年纪方及笄·笄礼

段节妇吟　　［元］贡师泰

河可塞，山可移，志不可夺，义不可亏。

妾为段家妇，年纪方及笄。

上堂奉翁姑，入室携两儿。

儿死夫亦死，此生将何为？

昔如双鸳鸯，今日为孤雌。

昔如三春花，今日成枯枝。

寒风吹短发，明月照空帷。

百年在世能几时？

父兮母兮不我知，青天在上将谁欺！

在古代，女子举行完及笄礼，就意味着可以结婚了。元代诗人贡师泰的这首《段节妇吟》，描写了一名及笄女子嫁做人妇后的故事。女子刚刚及笄时，就嫁给段姓人家做媳妇。她孝顺公婆，养育儿女，然而这样平静的生活没过多久，她的儿子和丈夫就先后死去。她曾经与丈夫双宿双栖，如今却形单影只；她曾经年轻貌美，像三月里的花儿一样娇艳，现在却形容枯槁（gǎo），好像枯萎的老树枝。这样坎坷的人生令她感伤，也引人怜悯。

诗中提到的"及笄"，指的是古代女子成年时举行的仪式，叫作"及笄礼""笄礼"或"上头礼"，一般在十五岁时——女子订婚（许嫁）以后、出嫁之前举行。如果女子一直在家中待嫁，也可以到二十岁时再举行笄礼。所以，笄礼是女子的成人礼。

"笄"是古代女子盘头发用的簪（zān）子。当女子披散的头发被绾（wǎn）成发髻，再插上簪子，就表示她已经长大成人。

对于古代女子来说，笄礼是人生中一个关键的转折点。家人对此非常重视，由母亲或女性长辈主持仪式，并从亲朋中挑选有德才的女性长辈来担任正宾，同时还会安排赞者、有司来协助正宾行礼。

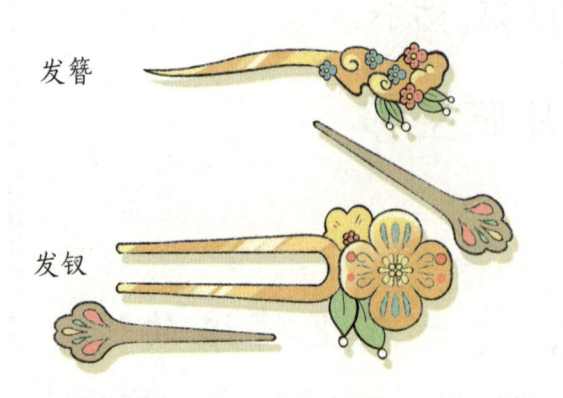

笄礼一般会在家庙或家中的正堂等庄重的地方举行。具体的流程和男子的冠礼有些相似，也是由赞者为

发簪

发钗

成长礼仪

女子梳头、绾髻,再由正宾为女子加笄。

笄礼也有"三加"的过程。第一次加笄后,女子回到房内,换上与头上的发簪相匹配的素衣襦(rú)裙,再出来向来宾展示,然后面向父母亲行拜礼,以感谢父母的养育之恩,这也叫"一拜"。

"二加"时,正宾会为女子戴上漂亮的发钗,女子要把身上的衣服换成端庄大方的曲裾(jū)深衣,然后面向正宾行拜礼,以表达对师长、前辈的尊敬,这也叫"二拜"。

"三加"时,女子则会戴上华丽繁复的钗冠,再换上雍容典雅的大袖长裙翟(dí)衣,然后面向家庙的方向行"三拜"礼,表示传承家训、振兴家族的决心。

"三加""三拜"完成后,正宾会为女子取一个别致的表字,女子向正宾和其他长辈表示感谢后,笄礼就算完成了。

在漫长的历史过程中,笄礼和冠礼一样逐渐衰微。不过,到了现代,有的地方开始重拾这种礼仪,并进行了一定的改良。举行笄礼的主要目的是让女孩子认识到自己已经成年,了解应当承担的人生责任,从而成长为独立自强的女性。

二 社交礼仪

古人在见面问候、安排座位、拜访他人、迎接宾客时也有很多礼仪细节。这些社交礼仪能够教会我们如何尊重他人，如何表现自己的礼貌和风度。这一首首展现礼仪之美的古诗词，指引了我们的社交之路。

08 稽首再拜之·九拜之礼

游泰山六首（其一） ［唐］李白

四月上泰山，石屏御道开。
六龙过万壑(hè)，涧谷随萦(yíng)回。
马迹绕碧峰，于今满青苔。
飞流洒绝巘(yǎn)，水急松声哀。
北眺崿(è)嶂奇，倾崖向东摧。
洞门闭石扇，地底兴云雷。
登高望蓬瀛(yíng)，想象金银台。
天门一长啸，万里清风来。

藏在古诗词里的中华文明
礼节风俗

玉女四五人,飘飖下九垓。

含笑引素手,遗我流霞杯。

稽首再拜之,自愧非仙才。

旷然小宇宙,弃世何悠哉。

稽首礼

(二) 社交礼仪

古人注重礼仪，在相见时有很多讲究，比如为了表达崇高的敬意，会行拜礼。《周礼》中有"九拜"之说，是指古人的跪拜礼有九种之多，每一种拜礼的形式、使用场合、适用对象和意义不尽相同。

李白的这首诗中就出现了九拜之礼的一种——稽首礼。阳春四月，李白登上泰山，从不同的位置、不同的视角尽情欣赏着泰山千姿百态的奇景。在高高的南天门，李白浮想联翩，仿佛看到了仙人居住的金银宫阙（què），还看到了美丽的仙女，他连忙行稽首礼，表达对仙女的敬意……这梦幻般的想象为泰山景色增添了一种朦胧的美感，让人更想品味其中的绵绵幽情。

在九拜之礼中，李白所行的稽首礼是最为隆重的拜礼。根据《周礼》中的记载，行稽首礼时要屈膝跪地，左手覆（fù）盖右手，拱手至地，手放膝前，然后缓缓将头伸到手前的地上，并停留一会儿。通常，稽首礼用于臣拜君、子拜父、学生拜老师以及祭拜天地先祖等，是向长者和身份尊贵的人行的大礼，能够表达出崇高的敬意。此外，古人在给长者或身份尊贵的人写信时，也会用"某某稽首"的字样开头。

九拜之礼中的第二礼是"顿首"，也称"叩头"。顿首礼是仅次于稽首礼的重礼，仪式与稽首礼大同小异。不过，顿首礼俯身引头至地后要立即抬起，头与地碰触的时间很短。在古代，顿首礼常用于地位相等的人或平辈之间，表达尊敬之意。在给平辈的书信中，古人也会用"顿首"一词作为开头或结尾的敬语，如南朝文学家丘迟在《与陈伯之书》中就曾写道："迟顿首。陈将军足下：无恙，幸甚，幸甚！"

　　"空首"是第三个拜礼，又称"拜手"。行空首礼时，先屈膝跪地，再拱手于胸前，与心相平，最后引头至手的上方。所谓"空"，就是指头没有真正叩到地面上，而是悬空的。通常，空首礼是上级对下级、尊者对卑者的答拜礼，或用于君王祭天，不失尊者至尊。

　　九拜之礼中的振动礼、吉拜礼、凶拜礼主要用于丧礼中。振动礼是丧礼中最隆重的跪拜礼节。行振动礼时不仅要跪拜、顿首，还要跳脚击手，哭天喊地，浑身战栗，以此表达对逝者的哀悼之情。吉拜礼是古人与守孝满三年的丧家相见时所行的拜礼。行礼时要先行空首礼，再行顿首礼。而凶拜礼则是用于守孝期间宾客来访时，丧家对宾客所行的拜礼。行礼时，要先行顿首礼，再行空首礼，以

空首礼

表达悲痛和感谢的意思。

九拜之礼中的最后三礼——奇拜礼、褒（bāo）拜礼和肃拜礼，与场合没有多大的关系。奇拜和褒拜都是指拜的次数。奇拜中的"奇"指单数，也就是拜一次；褒拜是行完拜礼后，为了回报他人行礼后的再拜礼，通常拜两次或两次以上。至于肃拜礼，则是古代女子专用的跪拜礼之一。行肃拜礼时，先屈膝跪地，身体直立，然后双手抬高至额头处，再向下伸，不碰到地，双手要保持拱形，最后将头碰向手。也有肃拜礼用于军中的说法，因为将士身穿盔甲，不便行其他的拜礼。

这九拜之礼体现了古人对礼仪的重视，也体现出我国是当之无愧的礼仪之邦。

09 小儿踉跄能作揖·作揖礼

接客篇　　［宋］危稹(zhěn)

接客接客，高亦接，低亦接。

大儿稳善会传茶，小儿踉(liàng)跄(qiàng)能作揖(yī)。

家人不用翦髻云，我典唐书充馔(zhuàn)设。

唐书典了犹可赎(shú)，宾客不来门户俗。

作揖礼

(二) 社交礼仪

古人相见时除了拜礼，还会行什么礼呢？在宋代诗人危稹的《接客篇》中，我们就能找到答案。

诗人的家中来了客人，诗人带着两个孩子一同热情地迎客。大儿子做事稳重，能为客人端茶递水。小儿子虽然年龄小，走路不稳，但是能向客人作揖表示欢迎。诗人家里很穷，没钱买菜招待客人，他便典卖了自己的藏书。诗人感叹道：藏书以后有机会还能赎回来，但招待不好宾客，以后宾客不来了，家里可就变得冷清俗气了。

诗句中的"作揖"是古人相见礼的一种。据考证，早在周朝就已经有作揖礼了。《周礼》中记载，作揖礼有很多种，根据双方的地位、关系以及场合，可分为土揖礼、时揖礼、天揖礼、特揖礼、旅揖礼、旁三揖礼等。这些作揖礼都有一个共同点，就是行礼时两手抱掌前推，身子略弯，表示向人敬礼。

土揖礼本是天子会见诸侯的一种礼节，后来也用于长辈对晚辈、上级对下级的回礼，行礼时身体肃立，拱手前伸，稍稍向下；时揖礼是辞别礼，用于同辈之间，行礼时双手从胸前向外平推；天揖礼在祭礼、冠礼等正式场合使用，对同族人、长辈以及尊敬的人也能行此礼，行礼时拱手前伸而稍上举。

特揖礼是一个一个地作揖，旅揖礼是按身份高低分别作揖，旁三揖礼则是对着众人一次作揖三下。

此外，行作揖礼时要特别注意使用正确的手势，在一般的场合要右手握拳，左手成掌，左手包住或覆盖右手；如果是去参加丧礼，

则要右手成掌，左手握拳，右手包住或覆盖左手。当然，这种手势适合男性，女子作揖和男子刚好相反，一定不能弄错。

随着时间的推移，作揖这种礼仪也在不断地演变，出现了拱手礼、抱拳礼等多种形式。

拱手礼　　抱拳礼

拱手是作揖的简化形式，行礼时两手稍弯，在胸前或胸前偏上的位置形成一个拱形。抱拳礼是右手握实拳，左手抱住或遮住右拳，置于胸前或偏上的位置，在武术界则是"左掌右拳"的抱拳方式，男女两手动作依旧相反。在武侠影视剧里，我们经常看到两个大侠见面抱拳致意，这种礼仪就是抱拳礼了。

10 危坐学踵息·坐礼

东斋杂书　　［宋］陆游

下帷(wéi)听雨声，开户延月色。

霏霏半篆(zhuàn)香，湛湛(zhàn)一池墨。

徐行舒血脉，**危坐学踵(zhǒng)息**。

吾闻诸先贤，养生莫如啬(sè)。

正襟危坐

藏在古诗词里的中华文明
礼节风俗

俗话说"站有站相，坐有坐相"，不管是传统社会还是现代社会，坐姿都能体现出一个人的礼仪涵养。在我国古代，在凳子等坐具出现以前，人们习惯于席地而坐，对坐姿更是讲究。宋代诗人陆游的《东斋杂书》就提到了一种严肃端正的坐姿——"危坐"。

当时，诗人正在挑灯夜读，屋外忽然下起了雨。诗人看书看累了，先是站起身来缓缓走了几步，以疏通身上的气血，然后采取"危坐"的坐姿，还学着道家的养生之法将呼吸放慢，认为这样对身体有好处。这里的"危坐"就是屈膝跪坐，把臀（tún）部放在脚后跟上，上身挺直，双手放在膝上，表现出严肃或恭谨的样子。这种坐姿被称为"跽（jì）坐"，也叫"正坐"。

除了危坐外，古人还有"趺（fū）坐"和"箕踞（jī jù）"等坐姿。趺坐就是盘腿坐，和僧人打坐的姿势有些相似，坐时双足交叠，盘腿而坐；箕踞是臀部坐地，双腿前伸岔开而坐，整个身体好似簸箕（bò ji）的形状，这也是"箕踞"这个名字的由来。

在不同的场合，面对不同身份的人时，古人会采用不同的坐姿。比如独自一人在家时，坐姿没那么讲究，可以随意一些。如果去参加宴会或者与长辈、上级坐在一起时，就要注意采取礼貌

箕踞

036

的坐姿。

司马迁在《史记·日者列传》中记录了这样一个故事：西汉时期，名士贾谊和中大夫宋忠一同拜访一位占卜者。两人坐在占卜者的跟前，听他侃侃而谈。占卜者学识渊博，见解独到，令两人肃然起敬，并不自觉地"猎缨正襟危坐"，即整理衣冠，端正坐姿，以此表达对占卜者的恭敬。

在坐姿中，最不礼貌的坐姿要数箕踞，这个坐姿有轻视、怠慢的意思。汉高祖刘邦就在史册中留下了箕踞的记录。

《汉书》中记载："高祖箕踞骂詈（lì），甚慢之。"说的是有一回刘邦去女儿家做客，他的女婿赵王张敖，十分敬重刘邦，给刘邦端茶倒水。然而，刘邦打心底里看不起张敖，他不仅在张敖面前箕踞，还大声辱骂他。可见，箕踞是不礼貌的，有看轻、怠慢的意思。不过，在日常生活中，如果朋友之间关系非常亲密，性格都不拘小节，箕踞也无妨。

从古人的坐礼可以看出，端正坐姿是一种礼仪，更是一门学问。我们在与人相处时，一定要坐得端正优雅，这既是自我礼仪的展现，也是对他人的尊重。

11 踞上座，掀髯语·座次礼仪

满江红　岁暮天寒，忆囊经鹦鹉溪(nǎng)

[清] 聂树楷

三十年前，记岁暮、溪经鹦鹉。冒风雪、一肩行李，一仆一主。风利如刀肤欲割，雪团作絮拳争舞。指前村一带竹篱斜，留人处。　　两老叟，形容古。**踞上座，掀髯(rán)语**。道今年大熟，多收禾黍。举酒互酬翁并媪，围炉作闹儿和女。问官人何事犯寒来，将毋苦。

(二) 社交礼仪

在我国古代，人们不仅讲究坐姿礼仪，还很注重座次礼仪。什么是座次礼仪呢？就是在不同的场合，不同身份的人该坐在哪个位置。因为古人赋予了每个座位不同的含义，有主与客、尊与卑之分，所以是不能胡乱入座的。清代文人聂树楷的这首词就提到了座次礼仪中的"上座"。

三十年前，聂树楷曾途径鹦鹉溪。那一日风雪交加，他与仆人背着行李艰难前行，并在村庄里的一户人家落宿。这户人家有两位年迈的老人，他们坐在上座，笑谈今年有个好收成，并相互敬酒，儿女们则围着暖炉嬉笑打闹。这一幕给聂树楷留下了深刻的印象，让他在创作这首词的时候，还能将当时的情景描写得鲜活生动。

从词中我们也可以看到，座次中的上座是尊位，年迈的长者、身份尊贵的人坐在上座；与之相对应的是下座，年龄小的、身份低的人坐在下座。那么，古人又是如何区分上座和下座的呢？

在没有坐具、席地而坐的时期，人们围坐在一起时，上座、尊位是坐在西边面朝东的位置，一般会请贵客落座；而主人出于对客人的尊敬，自己坐在东边面朝西的位置。这在很多古籍中都有记录，像《史记·廉颇蔺相如列传》中就提到，赵括当上将军后骄傲自满，自己面朝东坐在尊位上，对着军吏们夸夸其谈，表现出不可一世的样子。

不过，这种"上座"

尊位

也不是绝对的,《礼记》中就有相关记载:"席南乡北乡,以西方为上;东乡西乡,以南方为上。"这里的"乡"是指方向,意思是说:由南到北走向的席位,坐在西边面朝东的位置为上座;由东到西走向的席位,坐在北边面朝南的位置为上座。古代举行朝会时,座次的尊卑又有所不同,帝王坐北朝南,大臣坐南朝北。

值得一提的是,古人在落座时还会讲究席子的摆设,尤其是在重要的场合,还有"席不正不坐"的说法,即席子不摆正就不会落座。因为古人认为"席不正而坐"是轻浮的,是不礼貌的。那席子要怎么摆设呢?要让席子的边与室内的墙平行。此外,入席时也有礼仪的要求,不能跨越或踩在席子上,应该提起衣裳缓缓入座。

时至今日,在重要的场合也会沿用古代的一些座次礼仪,以表示对宾客的尊重。

12 服其命服，朱芾斯皇·服饰礼仪

诗经·小雅·采芑（节选） ［先秦］佚名

薄言采芑，于彼新田，于此中乡。
方叔莅止，其车三千，旂旐央央。
方叔率止，约𫐄错衡，八鸾玱玱。
服其命服，朱芾斯皇，有玱葱珩。

藏在古诗词里的中华文明
礼节风俗

我国的服饰文化博大精深,这里的"服饰"是指包括衣、冠、发式、鞋、佩饰等在内的一整套服饰。在我国最早的诗歌总集《诗经》中,有60多篇作品涉及服饰描写。这首诗就提到了一位尊贵的将领的穿戴,他身着朝廷命服,红色蔽膝亮堂堂的,身上的绿色佩玉发出"玱玱"的脆响声。

不难看出,在《诗经》诞生的时代,就已经有了比较严格的服饰礼仪。比如在西周时,人们的穿着为上衣、下裳(类似现在的裙子,古代男女都能穿),头上要束发,不能披头散发。贵族、官员的服饰由天子按照所任命的官爵来规定,所以叫"命服"。命服又可以通过两件服饰来体现等级的高低,一件是佩挂在下裳前面,起遮挡作用的"韨"(也就是"蔽膝")或"芾(fú)";另一件是佩挂在"韨"前面的"珩"(也叫"衡",指佩玉)。从历史记载来看,韨以深红色最为尊贵,珩以青色最为尊贵,即所谓"朱芾(韨)葱珩"。由此可见,古代社会中不同身份、地位的人穿戴是不同的,越是身份尊贵的人衣着佩饰就越华贵。

到了春秋时期,人们开始穿深衣,深衣为上衣、下裳连在一起,长至脚踝。

上衣

下裳

(二) 社交礼仪

王公贵族在任何时间、任何场合都能穿深衣；平民百姓只有在重要的场合穿深衣，平时则穿粗麻制成的短衣，也叫"短褐"。

秦汉以后，礼仪上对服饰的样式、颜色、花纹等都有了更加明确的规定。比如唐宋时期，龙袍为皇室的专用服饰，黄色为皇室的专用颜色。《明史》中也有官吏服饰的记载：一品至四品穿绯（fēi）袍，五品至七品穿青袍，八品九品穿绿袍。可见，在古代，不同颜色的衣服也是不能随意穿着的。

深衣

当然，不管是达官显贵还是平民百姓，在穿戴上都应当注重干净整洁、稳重端庄。《弟子规》中说道："冠必正，纽必结。袜与履（lǚ），俱紧切。"意思是说，帽子要戴端正，衣服上的纽扣要系好；袜子要穿平整，鞋带要系紧。

到了现代，服饰已经没有过去那么多讲究了，我们平时只要注意满足干净整洁、美观大方的要求，就不会让别人觉得失礼。

13 寻君不遇又空还 · 拜访礼

休假日访王侍(shì)御(yù)不遇 〔唐〕韦应物

九日驰驱一日闲，寻君不遇又空还。

怪来诗思清人骨，门对寒流雪满山。

(二) 社交礼仪

唐代山水田园诗人韦应物喜爱游山玩水，奈何工作太忙，没有足够的时间游玩。当时官吏采取的是"旬（xún）休"制度，也就是每个月分为上、中、下三旬，每旬工作九天，休息一天，所以韦应物才说自己是"九日驰驱一日闲"。好不容易放假了，他去拜访好友王侍御，想约他一同出门游玩，哪想到王侍御偏偏出门了。韦应物望着王家门前的溪流和雪山，情不自禁地感叹：怪不得你作的诗清雅脱俗、情感细腻，原来是你家大门前有这么美丽的景色！

韦应物兴冲冲地前去访友，没想到却扑了个空。如果他将拜访的消息提前通知给好友，可能就不会出现这样的情况了。这也提醒我们，要重视"拜访礼"。比如，在拜访他人之前先通知对方，就是拜访礼仪之一。当然，韦应物和王侍御关系非常亲近，又是一时兴起的拜访，不通知主人也无伤大雅。可要是拜访不熟悉、不亲近的人，事先通知的环节就一定不能省略。

在古代，越是有身份、有文化的人越讲究拜访礼仪，他们初次拜访某人时会先投递"名帖"。名帖类似于现在的名片，主人家收到名帖后，会选择合适的礼仪去迎接，或者拒绝相见。

早在几千年前，名帖就出现了，那时叫"刺"或"谒（yè）"，由竹片、木片制作而成。纸诞生后，人们开始用纸来做名帖，书写格式也有了规范。明清时期，名帖的样式五花八门，还发展出了独特的名帖文化，比如拜访不同身份的人要使用不同样式的拜帖，有身份地位的人还会定制自己的名帖。

古人拜访某人时会在名帖上写些什么呢？首先是自我介绍，包括姓名、身份、籍贯等信息；其次，写上与对方的关系、拜访的目的等；最后，写上几句问候的话。这种名帖不是直接交给主人的，而是递交给管家或放在专门放名帖的地方。

古代平民百姓走亲访友时，虽然不用递名帖，但也有礼仪可循。有一首唐诗是这样说的："客来莫直入，直入主人嗔。打门三五下，自有出来人。"意思是说，拜访他人时不能直接推门而入，这种行为会惹怒主人家。礼貌的做法是先敲几下门，切记不能敲太重，因为这是不礼貌的。主人家听到敲门声后，自然会出来开门。

唐代诗人贾岛写"鸟宿池边树，僧敲月下门"时，曾纠结于用"敲"还是"推"，后来想想"推"很不礼貌，还是用了"敲"。南宋诗人叶绍翁在《游园不值》中也写道："应怜屐（jī）齿印苍苔，小扣柴扉久不开。"诗中的"柴扉"指的是柴门，"扣"则是敲的意思。

可见，古人将拜访他人时先敲门当成一种礼仪，更当成一种习惯。

现在我们拜访他人时，也可以提前告知主人家，由主人家决定拜访的时间。登门拜访时，也要轻敲几下门，以示礼貌。

14 蓬门今始为君开·迎宾礼

客 至　[唐]杜甫

舍南舍北皆春水，但见群鸥日日来。

花径不曾缘客扫，**蓬门今始为君开**。

盘飧(sūn)市远无兼味，樽(zūn)酒家贫只旧醅(pēi)。

肯与邻翁相对饮，隔篱(lí)呼取尽余杯。

藏在古诗词里的中华文明
礼节风俗

《论语》中说："有朋自远方来，不亦乐乎？"热情好客是中华民族的传统美德。对于远道而来的朋友，古人在心生喜悦的同时，还会以礼相待，令朋友有一种宾至如归的感觉。

杜甫的这首诗就描写了客人来访，主人心情喜悦、用心款待的情景。当时杜甫居住在成都草堂，忽然听说朋友要来，不禁喜出望外。他说，自家长满花草的庭院小路还不曾为迎客而打扫过，柴门今天才第一次为客人的到来而打开。等客人到来后，他又担心酒菜不够丰盛——草堂远离街市，买东西不方便，菜肴也简单，只能用家酿的陈酒来待客。如果客人不嫌弃，他还可以把邻家老翁喊来共饮。从这亲切、直白的诗句中，我们可以看出杜甫待客很有诚意，也很重视迎宾之礼。

事实上，迎宾之礼有着非常悠久的历史。在《诗经》中，我们就能读到关于迎宾待客的诗句。像《小雅·鹿鸣》中就有"我有嘉宾，鼓瑟鼓琴""我有旨酒，嘉宾式燕以敖（áo）"的诗句，意思是

048

（二）社交礼仪

说，当有宾客来时，主人弹琴鼓瑟以示欢迎，再以美酒招待，令宾客心中欢喜。

在儒家经典《礼记》中，还有对迎宾之礼的详细规定，比如《礼记·曲礼上》说："凡与客入者，每门让于客。客至于寝门，则主人请入为席，然后出迎客。客固辞，主人肃客而入。"意思是说：如果宾客地位高于主人，主人应出大门迎接；如果宾客地位低于主人，主人则在大门内迎接。和客人一道进门，每到一个门口都要让客人先走。到了内室门口，主人则请客人稍等，自己先进入室内铺好坐席，然后再出来迎接客人；主人请客人先入时，客人要推辞两次，然后主人肃然地引请客人入内。

有客人拜访，主人常常会像杜甫这样设宴款待客人，在宴席上，也有许多要注意的礼仪。比如，古人讲究"茶七、饭八、酒十分"，意思是招待客人时茶饭不能盛太满，但酒要斟满；在客人面前不能做出咳嗽、吐痰等不雅行为；招待客人用的餐具要洁净，菜品从制作到摆放也要干净整洁；等等。

宴席上，主人为了表示对客人的热情款待，不仅会敬酒聊天，还会安排助兴的娱乐活动，如行酒令、投壶等。行酒令就是大家轮流作诗词、对联等，答不上来的人要接受喝酒的惩罚；投壶则是一项竞技娱乐活动，参与比赛的人将箭投入壶中，投中多的人胜利，输了的人也要受到事先定好的惩罚。这些娱乐活动能减少主人与宾客之间的陌生感，拉近彼此的距离，使宴席的氛围变得更加融洽。

俗话说，"客随主便"，所以一般主人怎么安排，客人都会通通接受。可实际上，主人为了表示对宾客的尊重，会事先打听好宾客的习惯、喜好，然后投其所好地去安排迎宾之礼，这样才能达到"宾主尽欢"的理想结果。

三 婚丧礼仪

结婚是人生中的大喜事,古人用诗词详细记录下结婚礼仪,表达了对新人的美好祝愿。而诗词中的丧葬之礼则表达了对逝者的缅怀与哀悼。这些礼仪不仅是情感的表达,更是对生命的敬畏与尊重,让我们学会珍惜与感恩。

15 敬兹新姻，六礼不愆·六礼

述婚诗（其二） ［汉］秦嘉

群祥既集，二族交欢。

敬兹(zī)新姻，六礼不愆(qiān)。

羔雁总备，玉帛戋(jiān)戋。

君子将事，威仪孔闲。

猗(yī)兮容兮，穆矣其言。

三 婚丧礼仪

婚礼是人生大礼，也是我国的传统礼仪。早在几千年前，我国就已经有了一套完整的婚嫁制度。东汉诗人秦嘉的《述婚诗》是一首婚礼赞歌，描绘的便是当时男女结婚时的热闹场景。

诗中表明，结婚就是结两姓之好，以后成为一家人。为了庆贺新婚，男女双方的亲属欢聚一堂。婚礼作为人生大事，一定要慎重操办，尤其是婚礼中的"六礼"，绝不能出差错。当然，还要准备好羔雁、玉器、丝绸等礼物，以表达对婚礼的重视。这场婚礼的主持者庄重从容，参加婚礼的人也满脸喜庆，挨个儿向新人献上最美好的祝福。这首诗将这场婚礼的隆重和热闹展现得淋漓尽致。

不过，最初并没有"婚礼"一词，而是称"昏礼"。这是因为古人的婚礼不是在白天举行，而是在黄昏举行的，取其阴阳交替有渐之义，称为"昏礼"。

那么，婚姻礼仪中的"六礼"又是怎么来的呢？相传，在上古时期，人们以成双的鹿皮作为婚礼聘礼，"上古男女无别，太昊始设嫁娶，以俪皮（成对的鹿皮）为礼"；到了夏商时期，又出现"亲迎于庭""亲迎于堂"的迎亲仪式；直到周朝，才逐渐形成一套完整的婚礼仪式，也就是"六礼"。

婚嫁六礼中，第一礼为"纳采"。正所谓"一家有女百家求"，男方家看中哪家的姑娘后，不能贸然去求婚，而是要请媒人去女方家提亲，向女方家转达男方家求婚的意愿，女方家答应议婚后，男方家才能备好礼物去求婚。纳采的礼物一般是雁，因为雁是忠贞之鸟，有着从一而终、忠贞不渝等美好寓意。

第二礼为"问名"。顾名思义，问名就是男方家请媒人去女方家问女方的姓名与生辰（男方的姓名在纳采时已经报给女方家了）。问名用的礼物依然是雁。古人问名的目的，一是为了防止同姓近亲结婚；二是为了占卜生辰，看双方是否适合结婚。

第三礼为"纳吉"。男方家取回写有女方名字、八字的庚帖后，要到祖庙占卜、算命，如果得到了吉祥的结果，就请媒人到女方家报喜。

第四礼为"纳征"。如果占卜得到的是吉兆，男方家就会准备好聘礼抬到女方家，通知女方家缔结婚姻。

第五礼为"请期"。《礼仪·士昏礼》中有记载："请期用雁。主人辞，宾许。告期，如纳征礼。"这句话是说，男方家通过占卜确定好婚期后，再备礼通知女方家，征求女方家的意见。

婚丧礼仪

最后一礼为"亲迎"。在婚期那天,新郎要到女方家迎娶新娘,最后在新郎家拜堂成亲。

婚嫁六礼的流程全部走完,意味着男女双方正式成为夫妻。在现代,婚礼依旧是人生大礼。不过,相较于古代婚礼的烦琐,现代人的婚礼仪式要精简得多,方式上也有了更多的选择。

16 为他人作嫁衣裳·婚服之礼

贫 女

[唐]秦韬(tāo)玉

蓬门未识绮罗香,拟托良媒益自伤。

谁爱风流高格调,共怜时世俭梳妆。

敢将十指夸针巧,不把双眉斗画长。

苦恨年年压金线,为他人作嫁衣裳。

三 婚丧礼仪

唐代诗人秦韬玉在这首诗中感叹：贫穷人家的女儿品格高尚，心灵手巧，但是因为不懂得诗词歌赋，不懂得化妆打扮，想托媒人说门好点的亲事都难。纵使有高超的绣技，也只能年年替富人家的小姐制作嫁衣。

从诗中不难看出，古人成婚时需要穿着提前准备好的专门的婚服。对女子来说，婚服中最重要的就是"嫁衣"。很多女子在没有出嫁前，就一针一线地为自己绣制嫁衣，这不仅能够体现她们的心灵手巧，还能表达她们对婚姻生活的美好憧憬。

女子有嫁衣，男子也有婚服。随着历史的变迁，婚服也在不断地发生着变化。那么，从古至今的婚服都有哪些特点呢？

周朝是出了名的重视礼仪，当时的婚服也正式而庄重。色彩上为"玄纁（xūn）之色"，也就是黑色与浅红色的搭配，玄色为主，纁色为辅。新郎的婚服上衣为黑色，下裳为浅红色，并且有黑色的绲（gǔn）边，束衣用的腰带也是黑色的。新娘的嫁衣形式上与新郎的婚服相似，不同的是上衣、下裳都是黑色，衣服的边缘镶着红边。秦朝的婚服延续了周朝的样式，下裳会镶黑边。

到了汉朝，婚服有所变化，新郎新娘会穿款式隆重的曲裾深衣。新娘的

周朝婚服

嫁衣通身紧窄，下摆为喇叭状，长度能包裹住足。衣领为交领，且领口较低，以便露出里面的衣领。汉代人穿衣有个特点，就是穿几件衣服露几层衣领。此外，新娘出嫁会以面纱遮面，这算是最早的盖头了。

唐朝的婚服极为华丽、鲜艳，新郎的婚服选用大红色，新娘的嫁衣选用绿色。相较于新郎的婚服，新娘的嫁衣要隆重、繁复得多，首先穿长袖、长衫、长裙，其次要披帛，最后再在外面套上一件宽大的广袖上衣。不过，到了唐朝后期，婚服逐渐简化，婚礼也不一定都在黄昏时分举行了。

宋朝的婚服延续了唐朝的风格，新娘婚服为青色，佩戴华丽的凤冠霞帔（pèi）。明朝时，新郎可以将九品官服作为婚服；新娘则穿红色的嫁衣，头戴凤冠，身披霞帔，脚穿红缎绣花鞋。清朝时，新郎的婚服通常为青色长袍，外罩黑中透红的绀（gàn）色马褂，头戴插花暖帽。新娘的嫁衣通常为绣花的红色袄裙或者旗袍，头上簪红花。

到了现代，人们不再拘泥于固定的婚服，有了更多的选择——既可以穿中式婚服结婚，也可以穿西式婚纱结婚。

唐代婚服

17 我家新妇宜拜堂·正婚礼

失钗怨　　［唐］王建

贫女铜钗惜于玉，失却来寻一日哭。

嫁时女伴与作妆，头戴此钗如凤凰。

双杯行酒六亲喜，**我家新妇宜拜堂**。

镜中乍无失髻样，初起犹疑在床上。

高楼翠钿(diàn)飘舞尘，明日从头一遍新。

藏在古诗词里的中华文明
礼节风俗

古代的婚姻礼仪可以分为婚前礼、正婚礼、婚后礼三个部分。像六礼、婚服之礼都属于婚前礼，而成妇礼、回门礼属于婚后礼。在六礼的"亲迎"之后举行的一系列正式的结婚仪式，就是"正婚礼"。

正婚礼中最重要的仪式就是拜堂了。在这首《失钗怨》中，唐代诗人王建就提到了拜堂礼。诗中的主人公是一位贫家女，她要出嫁了，却买不起金银凤钗，便准备了一支铜凤钗。谁知拜堂之后，那支心爱的铜凤钗竟然不见了，她遍寻不得，伤心至极。

一般人们认为拜堂礼仪起源于宋代，可《世说新语》中有个故事，却能够证明晋代已经有这样的仪式了。故事讲的是，有一个叫王浑的官员在原配妻子去世后又娶了一位妻子。不过，新妻子的家庭地位十分低微，王浑有点看不起她。在婚礼上，妻子向王浑行了拜礼，王浑却没有回拜，人们听说后都批评他不懂礼仪。

这里提到的拜礼是"夫妻对拜"。到了宋代，正婚礼中又加入了拜天地、拜祖宗、拜父母的仪式，现在我们熟悉的"三拜之礼"

婚丧礼仪

就是按照一拜天地、二拜高堂、夫妻对拜的顺序进行的。

拜堂之后，新人要用清水将双手和面部洗净，这叫作"沃盥（guàn）礼"。然后，新郎、新娘隔着一张桌案相对而坐，这叫作"对席"。夫妻两人会一起吃牛、猪、羊肉中的一种，这叫作"共牢"，"牢"指的就是古代祭祀用的牛、羊、猪等祭品。

吃完了肉，夫妻俩还要喝"合卺（jǐn）酒"。"卺"是指盛酒的瓢，将匏（páo）瓜剖成两半制成。匏瓜味苦不可食，俗称"苦葫芦"，多用来做瓢。仪式中，将一个匏瓜剖成两个瓢，又以线连柄，新郎新娘各拿一瓢饮酒，象征婚姻将两人连为一体。同时，瓢中的酒味道苦涩，夫妻俩一起喝苦酒，也有同甘共苦的寓意。

后来，喝合卺酒的仪式逐渐发展为喝交杯酒，而双方亲友们也会参加盛大的酒宴，即吃喜酒，这让正婚礼变得更加隆重，气氛也更加喜庆热闹。

吃完了喜酒，新郎要回到洞房，用秤杆揭开新娘的盖头，"秤"与"称"同音，有"称心如意"的好意头。至此，一对新人就算正式结为夫妻了。

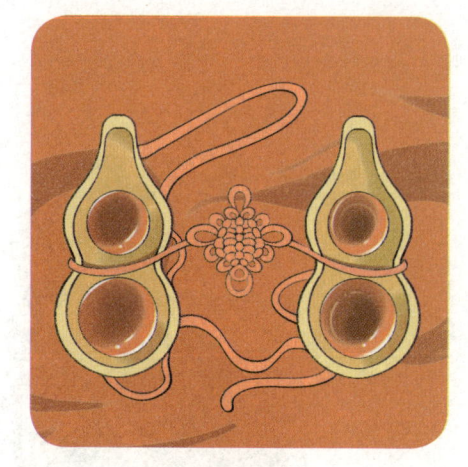

合卺酒

18 待晓堂前拜舅姑·成妇礼

近试上张籍水部 ［唐］朱庆馀(yú)

洞房昨夜停红烛，**待晓堂前拜舅姑**。

妆罢低声问夫婿，画眉深浅入时无？

三 婚丧礼仪

在正婚礼之后，还有成妇礼，指的是一些帮助新娘与男方的家人建立感情的仪式。这些仪式能够让新娘顺利地融入男方家族，正式成为家庭中的一员。唐代诗人朱庆馀的这首诗就提到了成妇礼中的一个重要环节——"拜舅姑"。

这里的"舅姑"指的可不是舅舅、姑姑，而是指新娘的公公、婆婆。从"待晓"一词可以看出，拜舅姑的时间是在拜堂后的第二天早上。

"妆罢低声问夫婿，画眉深浅入时无"，意思是，新娘第二天早早起床化妆打扮，还轻声询问丈夫自己的眉毛画得如何。从这个细节描写不难感受到新娘的紧张心情，因为对古代的新娘来说，"拜舅姑"关系着公婆对她的第一印象，所以她才会这么在意自己的妆容打扮。

"拜舅姑"也不是简单地拜见公婆，而是有一套比较烦琐的仪式。首先，天大亮时，主持婚礼的人会通知公婆入席，等公婆都入席后，新娘会提着装有枣、栗子和肉干的竹篮去拜公婆。新娘会先向公公

行拜见礼，然后将竹篮放在席上。公公会手抚竹篮中的枣、栗子，表示收下礼物。之后，新娘拜见婆婆，依然要行拜见礼，并将竹篮放在席上，婆婆也会端起竹篮，表示收下礼物。

这里要注意的是，古代晚辈向长辈献礼时，为表尊重，要将礼物放在地上或席上。而我们现代人是将礼物递到长辈的手里，与古代人的礼节恰好相反。

拜完公婆后，婚礼主持者会代表公婆敬新娘一杯甜酒，以此表达以后和新娘是一家人。新娘喝完甜酒后，要向公婆献上一只煮熟的小猪，表示以后会孝顺公婆。公婆吃过后，新娘撤去筵席。接下来，轮到公婆备酒招待新娘了。最后，新娘从东阶下堂，公婆从西阶下堂，这表示以后将由新娘代替婆婆管理家中事务，拜舅姑的环节也就结束了。

除了拜舅姑外，最早的成妇礼还有庙见礼这个环节，指的是新娘在嫁入夫家三个月后，要到夫家的祖庙祭拜。经过这个步骤，新娘才算成为夫家正式的成员。

19 谁家寒食归宁女·归宁

鹧鸪天（zhè gū） 鹅湖归，病起作

［宋］辛弃疾

着意寻春懒便回，何如信步两三杯。山才好处行还倦，诗未成时雨早催。　携竹杖，更芒鞋，朱朱粉粉野蒿（hāo）开。谁家寒食归宁女，笑语柔桑陌上来。

礼节风俗

寒食节那天，刚病愈的辛弃疾出门游春，然而他没走多远就觉得有些困乏，便随意找了个酒馆喝了几杯。他本想为这明山秀水作诗一首，奈何被一场大雨打断，只好拄着竹杖，穿着草鞋返回，顺便欣赏路边红红粉粉的野花。忽然，他听见桑林小路上传来一阵欢声笑语，原来是谁家刚出嫁的女儿回门了。

这里提到的"归宁"是我国古代传统婚俗之一，指新婚夫妇成婚后首次回娘家，这样新娘可以探视父母，新郎也能够完成"成婿礼"。双方的亲人也能够借此加深了解、联络感情，可以为今后的往来打下良好的基础。

早在春秋时期，就有归宁的婚俗了。在不同时期，人们对归宁的叫法有所不同，比如宋朝时人们称归宁为"拜门"，清朝时称"会亲"，另外还有"回门""省亲""回红"等。

古人归宁的时间也有差异，一般在结婚后的第三天，所以归宁也被称为"三朝回门"。当然，也有在成婚第六天、第九天，甚至是满一个月回门的。

在归宁那天，新娘会穿喜庆的回门装，新郎的穿着也很正式。新郎为了给女方家留下好印象，还会准备许多

婚丧礼仪

礼品相送，这叫"回门礼"。女方家也会准备丰盛的酒菜招待新婚夫妻，这就是"回门宴"，也叫"归宁宴"。

在一些地区，归宁宴上还会行"搅面礼"。在说搅面礼前，要先介绍一下"挂门帘"这一婚俗：在新郎新娘结婚当天，新娘的弟弟会将一条绣有鸳鸯或山峰的红色门帘挂在新房的门上，以表示对新婚夫妻的祝福。新郎家会给新娘的弟弟包红包，也称"送喜钱"。弟弟拿到钱后，要将数额告诉自己的父亲。

归宁这天，在宴席快结束时，岳父要端一碗面给新女婿品尝。比较有趣的是，如果女婿只搅面，不吃面，这时岳父会拿出一个包好的红包放在桌子上，并劝说女婿吃面。红包里的钱与挂门帘时的送喜钱一样多。如果女婿继续搅面，仍然不吃，岳父就要再包一个红包，红包里的钱不能少于送喜钱。只要女婿一直搅面，岳父就要一直拿红包，一直到女婿吃面为止。这就是"搅面礼"。

等归宁结束，新婚夫妻返回夫家，婚嫁礼仪就算全部完成了。

20 吊祭尽儒流·吊祭

仇(qiú)仁近母邢夫人挽诗　　［元］方回

慈颜才一识，近获拜书楼。

忽化金棺火，应添石室筹。

乡邻传阃(kǔn)范，**吊祭尽儒流**。

令子令和靖，诗名甲此州。

三 婚丧礼仪

"挽诗"是指哀悼、祭奠死者的诗，作者以诗的形式吊祭死者。通常，挽诗内含有死者的身份、生平等信息，透露出浓浓的伤感之情，容易引人共鸣。

元代诗人方回的这首挽诗是为仇仁近的母亲邢夫人而写的。邢夫人是位慈祥和蔼的老妇人，周边的邻居都夸她品德高尚，是道德楷模。她去世后，前去吊祭她的人也都是儒士之辈。方回在这首诗中，既赞扬了邢夫人的美好品德，也表达出对她离世的悲痛之情。

诗中提到的"吊祭"也称"吊唁（yàn）"，是指亲友与死者遗体告别的仪式。在传统的丧葬礼仪中，死者家属对外报丧或发讣告后，亲朋好友接到消息，就会前往死者家中，一来吊祭死者，二来劝慰家属节哀顺变。

吊祭的礼仪和方式会因关系的远近而有所不同。比如死者的子女在接到噩耗后，首先要哭悼，然后以最快的速度回家奔丧，出嫁的女儿更是要一路哭着回娘家。子女在见到死者的遗容后，要用大哭来表达内心的伤痛与不舍。

亲朋好友吊祭死者时有三种形式，分别为吊、奠、赙（fù）赠。"吊"是指前往葬礼的亲友要到灵堂上香和跪拜；"奠"就是用香烛、茶酒或水果吊祭死者；"赙赠"则是给死者家中送去丝织品、钱币等，有姻亲关系的还要送上牲口和酒，作为"上祭之礼"。在我国古代，前来吊祭的人还会准备悼词，也称为"祭文""吊文"等。悼词内含有对死者生平的介绍，以及对死者一生的评价，还有对死者的惋惜和对其后人的勉励等。

在这之后就是慰问家属的环节了，这里也有礼仪可循。首先，要慰问死者家属的身体状况。由于死者家属太过悲伤，再加上连日操办丧事，身体健康状况值得关注，亲朋好友进行简单的慰问以表达关怀之心。其次，要了解亲属的思想顾虑，因为家中突然有人去世，难免会留下一些难题，亲朋好友可以在能力范围内给予家属一些帮助，并安慰家属过于悲伤的情绪。

当然，就算在同一个时代，不同地区吊祭的仪式也是有所不同的。比如有些地区会有"伴灵"的风俗，关系亲近的亲朋好友前来吊祭后不会立马离开，而是会陪着家属彻夜守着灵堂。等所有人都吊祭完毕后，就要进入丧葬仪式中的下一个仪式——入殓（liàn）。

21 居丧白发新·居丧

送朱给事中谅起复　　［明］谢缙

东吴朱孝子，北阙老朝臣。

报国丹心切，居丧白发新。

玉峰晴带雪，京树远含春。

共醉津亭酒，帆开少故人。

"居丧"也称"守丧"。在古代,父母死后,子女要按丧葬礼制居丧三年。如果是朝廷官员,还需要离职守丧,即"丁忧"。

在明代画家、诗人谢缙的诗中,这位朱姓官员既是有名的孝子,也是朝廷栋梁。他一心想报效国家,奈何要在家居丧,以至于愁得长出了许多白发;朝廷也需要他效力,在他守丧未满期时就将他召回任职了。

从这首诗中,我们能够看出,古人对于居丧礼仪是十分看重的。在不同时期,居丧期间还会有不同的规范或禁忌,需要古人自觉遵守。

比如,秦朝规定,天子去世后,天下臣民要服丧三年,这期间不准婚嫁,不准饮酒食肉,早晚还要为天子的离世表示哀悼。这些规定过于严苛,很难被老百姓接受,《晋书》批评它是"制不称情",

三 婚丧礼仪

也就是制度不近人情。

到了汉代，汉文帝可能注意到了这个问题，就对居丧制度做了一些改变，比如将为天子居丧三年改为居丧三十六天，后来由于政权的变更，又恢复成了三年。此后，民间也有了为父母居丧三年的习俗。也是在这一时期，居丧制度有了礼法的约束，比如，官员的父母去世后，须离职居丧三年，一旦查出隐瞒不报，将会受到惩罚；读书人居丧满三年才有资格参加科举考试；等等。不过，也有不用居丧的特殊情况，比如军队的兵将和皇帝下诏免居丧的官员等。

东晋田园诗人陶渊明在《归去来兮辞》中写道："寻程氏妹丧于武昌，情在骏奔，自免去职。"说的是自己嫁到程家的妹妹在武昌病逝了，他急于奔丧，便主动请求免去了官职。可见，东晋也延续了汉代的居丧制度。

宋朝时，朝廷专门设立了管理居丧事务的部门，宋朝的官员不仅要为父母居丧三年，还要为祖父母居丧，直到居丧期满才能复职。当然，也有像朱姓官员这样居丧未满期就被朝廷召回复职的情况。明清时期，官员则只需为父母居丧三年。

那么，居丧期间又有哪些礼仪与习俗呢？

根据《仪礼》《礼记》等文献记载，古人在居丧期间，尤其是在父母刚去世的一段时间里，不能吃蔬菜、水果，不能饮酒、吃肉，只能喝些薄粥，吃些粗糙的食物。由于饮食不足，古人在居丧期间往往会饿得面黄肌瘦。此外，不能穿颜色鲜艳的衣服，要穿丧服或朴素的衣服；同时，要保持哀戚之情，说话尽量简短。

在住所上,死者下葬后,其家人要在墓地旁边搭建一所茅草屋。守丧的人必须居住在茅草屋内,不能回家居住。不仅如此,守丧的人既不能约人外出游玩,也不能去访友。此外,居丧期间不得娶妻,如果已经成亲,夫妻还要分开吃住。

居丧之礼是我国孝道文化的一部分,随着社会的发展,也被赋予了新的内容。虽然现代人已经不像古代那样重视守制,但对逝去亲人的怀念是不变的。

四 祭祀礼仪

古诗词中，祭祀礼仪庄严而神圣。古人用祭祀仪式表达对祖先的敬仰与怀念，并祈求天地神灵的庇佑。在诗词的字里行间，我们仿佛能够看到古人正在虔诚地祭拜，焚香祈福，而这些礼仪传承着深厚的家族与文化传统。

22 祭天马酒洒平野·祭天

上京即事（其二） ［元］萨都剌(là)

祭天马酒洒平野，沙际风来草亦香。
白马如云向西北，紫驼银瓮(wèng)赐诸王。

天坛

(四) 祭祀礼仪

元至顺四年（1333年）农历六月初八，元顺帝在上都（位于今内蒙古自治区锡林郭勒盟正蓝旗上都镇）即位，所举行的庆典中就包括隆重的祭天仪式。诗人萨都剌参加了庆典，并用这首诗记录了自己的所见所闻。

在诗中他写道，祭天典礼结束后，成袋的马奶酒被洒在无边的平野上，一阵阵风从沙漠上吹来，拂过草原，带来一阵阵浓郁的酒香。祭天后，人们又举行了赛马活动，只见成群的白马犹如一片白云，向西北方移动过去……

诗中的"祭天"是古代祭祀礼仪之一。祭天礼仪的诞生，源于古人文化认知上的不足，比如，由于他们不能理解为什么会出现生老病死或云雷雨电等情况，便臆想是天神在后面操控，所以想要通过祭祀祈求获得天神的庇佑。

古人臆造出了掌管天地的"天神""地神"，想要通过祭天来表达对天养育万物的感恩之情，同时祈求天神赐福消灾。从上古时期到清朝末年，每逢重要节日或重大事件，人们都会举行祭天典礼。所以，祭天是我国古代传统社会生活中的重要组成部分，也是不可或缺的文化行为。

古人对祭祀礼仪十分讲究，对祭祀的主持者、时间、地点、仪式等都有严格的规定。

《礼记·王制》中记载："天子祭天地，诸侯祭社稷，大夫祭五祀。"意思是，只有天子才有祭祀天与地的资格；诸侯只能祭祀土地神和谷神等；大夫可以进行五祀之祭，即祭祀户神、灶神、土神、门神和行神。

祭天大多在冬至日。古人崇尚阴阳之说，而天属阳，地属阴。自冬至日起，寒冷渐退，天气开始转暖，古人认为这一天天地间的阳气最旺盛，最容易与天神交流。此外，也有在正月初一到正月初十之间祭天的。古人会选定南面作为祭天的地点，"祭天于南郊之圜（yuán）丘"，因为南面要比北面阳气更旺盛。

另外，从遗留的古代祭天遗址来看，祭天的祭坛或建筑多为圆形。明代统治者曾修建圜丘，专门用于祭天。圜丘共有三层，每层都是圆形的，后来改名为"天坛"，成为明清两代皇帝每年祭天的地方。

在不同朝代，祭天的仪式也有所不同。在这首诗中，元代的祭天仪式就有独特的蒙古族特色，和汉民族的祭天仪式有较大的区别。不过，从总的流程来看，祭天的仪式大概可以分为"祭天前"和"祭天"两个阶段。

祭天前，古人要先"卜日"，就是选定祭天的具体时间；接着进入斋戒期，所有参加祭祀仪式的人，上到天子，下到大臣，都要沐浴更衣、戒酒、戒荤等，以此表示对天的敬畏与虔诚。在祭天

(四) 祭祀礼仪

前，还要布置好场地，准备祭祀用的礼器、祭品，等等。

祭天时，皇帝穿着华贵的礼服"迎神"，并对诸神行三跪九拜的大礼，以祈求天神赐福和庇佑。"送神"时，皇帝依然要行三跪九拜的大礼，待祭品焚烧完毕，然后摆驾回宫，仪式结束。

祭天之礼烦琐而浩大，在中华大地上延续了数千年之久，是我国古老而又重要的非物质文化遗产。

23 祭地肆瘗，郊天致烟·祭地

释天地图赞　　［晋］郭璞(pú)

祭地肆瘗(yì)，郊天致烟。

气升太一，精沦九泉。

至敬不文，明德惟鲜。

地坛

（四）祭祀礼仪

在我国古老的祭祀礼仪中，有祭天之礼，自然也有祭地之礼。因为古人认为，天与地共同构成了乾坤与阴阳，包含了世间万物。所以，古人有多崇拜天，就有多崇拜地。作为祭祀礼仪的重要组成部分，祭地礼的规模和阵势一点儿也不逊于祭天礼。

晋代诗人郭璞的《释天地图赞》是一首简短的四言诗，从"祭地肆瘗，郊天致烟"可以看出，早在魏晋时期就有祭地礼了。诗中的"肆瘗"指的是古人在祭地时，会将牲畜与玉器埋入地下，之后去郊外祭拜先祖。而"至敬不文，明德惟鲜"则表明了古人对祭地礼的态度，必须要德行完美。

由于古人有"地属阴"的思想观念，所以会在夏至日这天祭地。因为自夏至日起天气逐渐转凉，万物逐渐凋零，所以古人认为这天是阳尽阴生的日子，最适合祭地。

祭祀场地一般会选在国都北郊的方丘上举行，这是因为古人认为这个方位阴气最盛。在现存的古籍中也有着相关说法，比如"方泽大折，祭地也""夏至，祭地于北郊之方泽"等。

祭地用的礼器、祭品、礼乐等与祭天用的大致相同，但是在祭祀仪式上则有所不同。比如，祭天会焚烧祭品，而祭地则是宰杀祭品中的牲畜并埋入地下；祭天时的祭祀用品多为青色，祭地时的祭祀用品则多为黑色。当然，各个时代的祭地礼会有所变化。

由于古人非常重视农业的发展，所以在祭祀土地时，人们会同时祭祀社稷神，以祈求风调雨顺、五谷丰登。人们也会祭祀山岳川泽，因为古人认为山川不分大小，都有各自的神灵在。这些负责掌管山岳川泽的神，是地神之一，也应得到祭祀。

在封建社会中，由天子祭祀山岳川泽，祈求神灵庇佑天下太平。但天下山川数不胜数，又分布在四方，天子不能一一前去祭祀，于是就采用"望祭"的方式去祭祀，也就是在京城郊外为天下名山名川设立祭坛，天子在祭祀时要遥望山川的方向。不过，祭祀山岳和祭祀川泽的仪式有所不同，祭祀山岳时会将祭品埋入土壤之中，祭祀川泽时则会将祭品沉入水中。

帝王祭祀地神是为了祈求江山永固，所以将祭祀活动办得极为隆重。尤其是明代皇帝，往往会不计成本地举办祭地礼，大修祭祀用的祭坛。像位于北京市东城区安定门外大街的地坛——我国现存最大的祭地之坛，就是明嘉靖年间修建的。

现在，祭地礼已经湮没在历史的长河中，成了我国的文化遗产，我们只能从遗留的祭地遗址去遥想这种祭祀仪式的盛况。

24 箫鼓追随春社近·春社

游山西村　　［宋］陆游

莫笑农家腊酒浑，丰年留客足鸡豚(tún)。

山重水复疑无路，柳暗花明又一村。

箫鼓追随春社近，衣冠简朴古风存。

从今若许闲乘月，拄杖无时夜叩门。

礼节风俗

宋代诗人陆游被罢官回乡后，在某个春日外出游玩。他穿过一片茂密的柳林花海，发现了一个古老的小山村。也许是春社将近，一路上都能听到迎神的箫鼓声，村民们穿戴着布衣素冠，保留着淳（chún）朴的风俗。

那么，什么是"春社"呢？

在上古时期，古人主要靠渔猎和畜牧获得食物，后来才转为以农耕为主。土地的肥沃决定了收成的好坏，所以古人开始崇拜土地，并臆想出了掌管土地的"社神"，想通过祭祀社神以祈求风调雨顺、五谷丰登。再后来，祭社发展成春社。有很多学者认为，春社除了祭祀土地神，还会祭祀五谷之神，也就是掌管丰收的"稷神"。

春社的祭祀时间在春季，具体时间不定。先秦时期，古人通过占卜来确定具体时间。从唐朝开始，将春社日定在立春后的第五个戊日，即立春后的第41天至第50天，一般在春分前后。此外，汉族民间也有在二月初二、二月初八、二月十二、二月十五举行春社的说法。随着时代的推移，春社也发展出了其他的目的，像祈福消灾、祈求姻缘和祈求赢得战争胜利等。

春社还可以分为官社和民社，前者由官府主办，后者由民间百

（四）
祭祀礼仪

姓主办。官社往往声势浩大，礼仪烦琐，带有一种庄严肃穆的氛围；而民社规模较小，礼仪简略，但是风俗活动众多，且更有娱乐性，充满了欢乐与喜庆。

春社作为祭祀节日，有着什么样的祭祀仪式呢？

诗人陆游的《赛神曲》就描绘了民间春社时祭祀社神的画面："嘉禾九穗持上府，庙前女巫递歌舞。呜呜歌讴（ōu）坎坎鼓，香烟成云神降语。"古人会在家中设立社神牌位或修建社神庙。在春社日，人们点燃祭桌上的蜡烛，摆上丰富的美食，巫女在社鼓声中起舞，向社神祷告、祈福。官社的祭祀礼仪则要正式得多，从礼乐、礼器、祭品，到迎社神的仪式等，都极为讲究，每个朝代都有明确的标准。

春社日有哪些风俗呢？"社肉如林社酒浓，乡邻罗拜祝年丰"，这句诗出自陆游的《春社》。古人在春社日会吃"社肉"，喝很浓的"社酒"，邻里之间相互祝福大丰收。此外，据北宋《东京梦华录》记载，人们在春社日还会准备丰盛的美食，邀请亲朋好友来家中吃社饭；妇女会在春社日回娘家，天黑后才能回夫家；私塾的老师也会组织迎社神宴会，同学生们一同庆祝春社日；等等。

另外，春社日还有很多娱乐活动，比如相扑、蹴鞠、射弩（nǔ）等体育活动。相扑也叫"角抵"，源于我国春秋时期，唐朝时传入日本，是一项带有武术性质的竞技体育活动，以将对方扳倒为胜，但是规定只能"扑"，不能打，更不许用脚踢对方。此外，人们还可以在春社日看影戏、唱社戏、听杂剧等，感受难得的快乐。

在现代，春社已经快要被人们遗忘了，只有南方一些地区和少数民族地区还保留着举行春社的习俗。

25 邻曲乐年丰·秋社

秋 社（其一） ［宋］陆游

明朝逢社日，**邻曲乐年丰**。
稻蟹雨中尽，海氛秋后空。
不须诼土偶，正可倚天公。
酒满银杯绿，相呼一笑中。

一年之中，除了春社，还有秋社，也就是在秋季祭祀土地神的习俗。陆游的这首诗就描写了秋社前一天的热闹情景。陆游看到周围的邻居们已经奏起乐曲庆祝丰收了，稻谷、螃蟹都在下雨前收获完毕，人们不用再为收成的事情担心，可以尽情享受丰收的快乐。在雨后清新的空气里，大家一边感谢天公作美，一边举杯庆贺，到处都是欢声笑语。

诗中提到的"秋社"，相当于古代的"丰收节"。古人认为，在春社时向土地神许下丰收的心愿，到了秋社就应当"汇报"一下：如果收成不错，就要向土地神表示感谢；如果收成不好，也要告知土地神，并祈求来年的丰收。这就是"春祈秋报"。由于秋社是丰收后的庆典，所以常比春社更加隆重、热闹。

古时，秋社被定在立秋后的第五个戊日，一般在秋分前后。在这一天，不论是皇家、官家，还是民间的老百姓，都会举行祭祀活动。清代皇家的秋社祭祀非常正规，有一整套完整的流程，比如皇帝要在社坛上敷五色土，之后还有迎神、上香、奠玉帛、三献、祝告、饮福受胙（zuò）（饮福酒并接受祭肉）等环节。

四
祭祀礼仪

祭祀结束后，皇帝或主持祭祀的人还要把祭肉分给大臣或老百姓，意思是共同分享神明的祝福。汉代有位叫陈平的官员，曾经负责给大家分祭肉，由于他分得特别公平，得到了乡亲父老的交口称赞。唐宋时期，皇帝还会在秋社日赐给大臣们酒食、糕点等。

除了祭祀外，民间还有"不耕作""停针线"的说法，即终年辛勤耕作的男子可以不做农活，操持家务的女子也可以放下针线，去参加丰富有趣的娱乐活动。

在这一天，老百姓会用载歌载舞、敲鼓奏乐的方式，或是用演戏的方式来答谢土地神，庆祝丰收。另外，大家还会欢聚在一起，开怀畅饮"社酒"。据说喝了社酒能够耳聪目明，陆游在另一首《秋社》诗里就写过"酒为治聋醉一杯"的句子。

在喝酒的同时，老百姓还会分享美味的社饭、社糕、社果等。"社饭"是用丰富的食材和刚收获的新米一起做成的饭食；"社糕"是用米、面、果仁、蜂蜜、白糖等制成的糕点；"社果"是用青草汁和面制成的零食，深受小朋友的欢迎。

26 策马归乡祭祖庭·祭祖

辞逍遥园归乡祭祖（其一） ［明］赵国璧(bì)

仲春穆苑(yuàn)别诸(zhū)友，策马归乡祭祖庭。

故道疾驰过五伯，东望三里泪兮零。

适逢圣母集盛市，邻舍如云捧月星。

十载离家归未得，百年永感独伶仃(líng dīng)。

四
祭祀礼仪

仲春之际,明代诗人赵国璧告别了好友,骑着快马回乡,参加祭祖活动。十多年没有回乡,当他看到既熟悉又陌生的家乡时,忍不住留下了泪水。这天正好是为圣母娘娘举办庙会的日子,邻居们都出门凑热闹去了,他独自站在家门口,心里的孤独感油然而生……

诗人为此次回乡祭祖写下了多首作品,这就是其中的一首。祭祖,也就是祭祀祖先,是一项古老而隆重的民俗活动。那么,祭祖的风俗是怎么诞生的呢?

首先,祭祖和古人的迷信思想有关。由于对物质世界的认识有限,古人常常会有一些迷信的想法。比如,他们认为,祖先去世后,

灵魂依然存在，有降祸或赐福于子孙后代的神力，所以只有通过虔诚的祭祀，才能祈求祖先消灾降福。这就是祭祖的由来。

其次，祭祖能体现出古人的孝心。俗话说"百善孝为先"，从古至今"孝"就排在各种善行的第一位。不管是赡养老人，还是祭祀祖先，都能表达出对长辈的尊敬和孝心。

最后，祭祖还能让家族成员更加团结。一个大家族常常由许多个小家庭组成。每到祭祖时，这些分散在各地的家庭会聚到一起，在祭拜祖先的同时，也联系了彼此的感情，还能让子孙后代对家族保持认同感和向心力。

在不同时代，人们祭祖的方式有所不同。比如秦朝出现了墓

(四) 祭祀礼仪

祭，就是将逝去的人埋葬在坟墓之中，祭祖时对着坟墓供奉、祭拜。如今，人们也会采用墓祭，在祭祖日先为祖先扫墓去尘，再拿出祭品供奉，然后进行祭拜。对于供奉的祭品，有些地区会在祭祖仪式结束后，带回一部分与家人分而食之，一部分放置在墓前。除了墓祭，有的家族还会修建祠堂祭祀先祖，能够进祠堂的祖先要么是对家族做过大贡献，要么是取得过大成就的。

此外，天子或诸侯在祭祖时还会进行宗庙祭祀，这在古代社会是非常隆重的祭礼。宗庙就是祭祀先祖的专用建筑。通常，古人会采用"周祭"与"合祭"的方式进行祭祀。周祭是指用多种祭祀方式轮番祭拜先祖，这个祭祀仪式大约需要一年时间；合祭则是将数代祖先的牌位集中放置于庙宇中，五年一次进行祭拜。

祭祖这种祭祀活动得到了人们的普遍认可和接受，其中很多礼仪延续到了今天。现在，每到除夕、清明节、重阳节和中元节，人们还会举行各种各样的祭祖活动，这些节日合称"四大祭祖节日"。

27 今看两楹奠·祭孔

经鲁祭孔子而叹之　　［唐］李隆基

夫子何为者，栖栖一代中。
地犹鄹(zōu)氏邑，宅即鲁王宫。
叹凤嗟(jiē)身否，伤麟怨道穷。
今看两楹(yíng)奠，当与梦时同。

四 祭祀礼仪

孔子，名丘，字仲尼，春秋时期鲁国人。他是儒家学派创始人，被世人尊称为"孔圣人"。他开创私学，倡导做人要遵守仁、义、礼、智、信五个道德准则。孔子去世后，他的弟子们将他的思想、语录汇编成《论语》一书，向后人传授儒学。

孔子的思想对中国乃至全世界都有着深远的影响，人们对孔子无比崇敬，早在数千年之前，就有祭祀孔子的礼仪了，这就是"祭孔"。这首《经鲁祭孔子而叹之》就是唐玄宗李隆基在祭孔时有感而发写下的。

在诗中，李隆基仿佛在与孔子对话，他先是询问孔子周游列国、一生奔波劳碌的目的是什么，接着又告诉孔子他的旧宅被改建成了鲁王宫。最后，他对孔子感叹：你在世时总是忧心忡忡，感叹世道太乱，现在却端坐在堂前接受后人的祭奠，这一幕应该在你的梦中出现过，现在你应该稍感慰藉（jiè）了吧！

在乱世之中，孔子游走在各国之间，推行自己的政治主张；唐玄宗心中也有远大的抱负，自觉与孔子惺惺相惜，遂心生崇敬。从这首诗中我们可以看出，就连帝王都对孔子礼敬有加，参与祭孔仪式。那么，祭孔仪式是怎么发展起来的呢？

古人讲究尊师重道，会祭奠故去的老师。而孔子据说有弟子三千，曾提出很多影响后世的教育思想，在教育上取得了很大成就，所以人们开始祭奠孔子。

汉朝时，由帝王牵头开启祭孔之风，此后朝廷将祭孔活动推广到各个学校；唐朝时，祭孔活动依然不断，且规模较以往有所扩大；到了明清时期，祭孔活动发展到巅峰，称为"国之大典"，祭祀仪式更是极为讲究。

祭孔大典主要包括音乐、歌曲、舞蹈、礼仪四种形式，乐、歌、舞是围绕礼仪进行的。其中，最为重要的礼仪是"三献礼"，即"初献""亚献"和"终献"。"初献"是向孔子献帛爵，帛是一种黄色的丝绸，爵是仿古的酒杯；"亚献"和"终献"都是献香、献酒。另外，在祭拜孔子时，还要行三拜九叩的大礼。人们用这些礼仪来表达对孔子的崇敬之意。

在现代，世界各地都会举办祭孔大典，从这也能看出孔子在世界上的影响力。2006年，"祭孔大典"被列入第一批国家级非物质文化遗产名录，旨在通过举办祭孔仪式，将纪念孔子、尊师重教的精神一直传承下去。

五 君国之礼

君主登极、臣子朝拜、皇位禅让……这些国家大事也都有着相应的礼仪。很多古诗词描述和展现了君国之礼的庄重和神圣。通过这些诗词，我们不但能够更好地了解历史文化知识，还能感受到古人对国家的深厚情感和崇高敬意。

28 明主初登极·登极仪

和张敏之诗七十韵三首（其一）（节选）
［元］耶律楚材

明主初登极，愚臣敢进狂。

九畴从帝锡，五事合天常。
（畴 chóu）

大乐陈金石，朝服具冕裳。
（冕 miǎn）

降升分上下，进退有低昂。

五
君国之礼

"登极仪"是中国古代皇帝即位登基时举办的一系列礼仪的总称。耶律楚材（元朝初年的重臣）的这首诗，记录了发生在窝阔台（大蒙古国大汗，元太祖成吉思汗的第三子）即位时的一件事情。

当时蒙古皇族成员之间不行跪拜礼，可耶律楚材却制定了新的制度，规定皇族尊长也要向大汗（皇帝）行拜礼。不过，他也知道，那些皇族肯定不会乖乖听话，于是他向窝阔台的哥哥察合台进言，让他带头跪拜，给大家做个示范。

察合台被耶律楚材说服了，在他的带领下，皇族、臣子一起参拜窝阔台。耶律楚材因此得到了嘉奖，还把这件事写进诗里，说窝阔台是明主，自己是愚臣，也就是趁着明主登极的机会，才敢"口出狂言"。从这也能看出，当时皇家对于登极仪是十分重视的，就连如何跪拜都有一定的讲究。

那么，登极仪是怎么来的呢？其实，中国古代统治者在易代开国或继承帝位时都会行登极仪式，以示其权力的授受来自天地神明和祖宗福佑，从而体现出君权至高无上的尊严和威仪。所以，登极仪往往非常隆重，场面颇为壮观。

史料《文献通考》中记载："事莫大于正位，礼莫盛于改元"，意思是，再大的事都没有登极仪重要。古人讲究礼仪，在阶层分明、王权至上的古代，帝王只有举办了登极仪，才能名正言顺地成为最高统治者，行使手中的权力，否则会遭到世人的诟（gòu）病。

东汉时期就已经有一套相对完整的登极仪式了。总结历代登极仪式，大致有以下几个方面：首先，皇帝亲自或派遣专门的官员去祭祀天地和宗社，向天下人宣告自己是天命所归，被天地和祖宗认同；其次，皇帝要穿戴衮（gǔn）冕服（参加重大庆典的正式服装），端坐在御座之上，接受文武百官的跪拜；最后，皇帝会颁布即位的诏书，并在当年或次年改年号，同时大赦天下。

到了明清时期，登极仪式的内容更为丰富，制度也更加森严。在众多帝王的登极仪中，以明朝开国皇帝朱元璋的登极仪最为盛大。

朱元璋称帝后，在应天府（今南京）大修祭坛，用以祭告天地、宗庙、社稷及诸神。祭坛前摆放了一把金椅，金椅前摆放了一张放有皇帝衮冕服的供案。登极那天，朱元璋行完祭礼后，由群臣搀扶着坐上金椅，并由百官之首的丞相为他穿上衮冕服、奉上玉玺。礼乐响起后，在通赞官（主持典礼的官员）的高唱中，文武百官一起

五 君国之礼

向他行跪拜礼。之后，朱元璋在仪仗队的拥簇下，前往太庙再次祭告先祖、社稷。回到皇宫后，他端坐在奉天殿内的龙椅上，在通赞官的高唱中，接受百官跪拜。最后，他派遣官员册封皇后、皇太子，改国号为"明"，定年号为"洪武"，大赦天下。至此，整场登极仪宣告结束。

由此可见，登极仪是非常隆重和烦琐的，在封建社会，它代表着至高无上的皇权和威严。

29 百神朝帝台·朝仪

和从叔禄愔(yīn)元日早朝　　［唐］李元操

铜浑变秋节，玉律动年灰。

暧(ài)暧城霞旦，隐隐禁门开。

众灵凑仙府，**百神朝帝台**。

叶令双凫(fú)至，梁王驷(sì)马来。

戈铤(chán)映林阙，歌管拂尘埃。

保章望瑞气，尚书免火灾。

冠冕多秀士，簪裾饶上才。

谁怜张仲蔚(wèi)，日暮反蒿莱(hāo lái)。

五 君国之礼

"人无礼则不生，事无礼则不成，国家无礼则不宁"，礼仪是古代帝王治理国家的手段之一。其中，"朝仪"是帝王临朝时的典礼仪式，既能彰显君臣之间的尊卑等级，又能帮助帝王有效地管理朝臣。

在唐朝诗人李元操的诗中，在新年的第一天，太阳刚刚露出地平线，宫门就开了，文武百官齐齐进宫朝见皇帝。正是因为朝仪的约束，即使是手握重权的大臣，也要准时进宫拜见皇帝。

通常，朝仪可以分为"常朝仪"和"大朝仪"。

常朝仪指的是帝王平时临朝时举办的礼仪。所谓皇帝临朝，就是皇帝召见群臣听取汇报、处理政务。

《周礼》中说："正朝仪之位，辨其贵贱之等。"意思是，皇帝临朝时，官员的站位有严格的规定。比如，唐朝规定，凡京中九品以上的官员只在特定日期参见皇帝，五品以上的官员则要每日上朝参见皇帝。上朝时，官员按照职位高低站位，职位高的靠前站，职位低的靠后站。

常朝仪的仪式也会因为皇帝临朝时间、会见人物的不同而不同。比如，有的皇帝天天临朝，那么常朝仪式就会简洁一些，百官穿朝服按时就位，皇帝在仪仗队的簇拥下，在礼乐声中入殿，坐上龙椅。接下来，皇帝要听取百官的汇报，有些政务会当场处理，有些政务则会稍晚给出指示。但要是有的皇帝一个月才上朝一次，朝仪就会烦琐一些，主要体现在仪仗队的人数增多，礼乐也更隆重一些。

　　大朝仪是大朝会时举办的典礼仪式，大朝会通常在元旦、冬至或皇帝诞辰时举办。这时，皇帝会召集文武百官、藩（fān）王以及各国使者等齐聚宫廷，共庆佳节。因此，大朝仪的规模远远超过常朝仪。

　　早在汉代就已经有大朝会了，并有一套完整的典礼仪式。到了唐朝，大朝会的规模空前盛大，仪式也更为烦琐。唐太宗在诗作《正日临朝》中写道："百蛮奉遐（xiá）尽，万国朝未央……羽旄（máo）飞驰道，钟鼓震岩廊……"从诗中不难看出，除了满朝文武外，就连边疆的少数民族和附属国都会派遣使臣进京朝拜，宫廷内钟鼓喧天，热

五 君国之礼

闹非凡。

唐代文献《开元礼》详细记录了开元年间大朝仪的盛况：那天，宫内插满了喜庆的旗帜，负责宫中安全的禁军各就其位，仪仗队也各司其职，礼乐声更是不间断。文武百官在参拜皇帝时要身穿朝服，按照爵位、官职站位；少数民族首领和外国使者参拜时，要准备丰厚的贡品。

大朝会时，皇帝率先接受的是以太子为首的皇室宗亲的朝贺，其次是文武百官的朝贺，最后是少数民族首领和外国使者的朝贺。

朝贺结束后，皇帝会安排宴会招待群臣和使者。宴会上除了有丰盛的美食外，还有奏乐和舞蹈表演，内容十分精彩。

30 大禹受禅让·禅让礼

高士咏·柏成子高　　［唐］吴筠

大禹受(shàn)禅让，子高辞诸侯。

退躬适外野，放浪夫何求。

万乘造中亩，一言良见酬。

(yì)佁佁耕不顾，斯情(miǎo)邈难(chóu)俦。

五　君国之礼

在上古时期的部落中，诞生了一种古老的礼仪"禅让礼"，指古代最高统治者将权力、地位让予他人。唐代诗人吴筠的这首《高士咏·柏成子高》，在咏叹得道高人柏成子高的同时，也讲述了一个有关禅让的故事。

相传，部落联盟首领尧去世前，将首领的位置禅让给了贤能的舜。舜年老时，又将首领的位置禅让给了有治水之功的大禹。这种新老首领更替的方式，被后人称为"禅让"。尧和舜也因此成了古人眼中最贤良的帝王。后世帝王为了美化自己，常常将自己与"古之尧舜"比肩。而禹之后，他的儿子启继承了部落联盟首领的位置，从此"公天下"变成"家天下"，禅让制被世袭制所代替。

不过，在后来的历史中，当一个旧王朝被新王朝推翻时，可能也会举办禅让礼，这是新帝王为了让自己能够名正言顺地坐上皇位，也是在告知天下，自己是天命所归的"天子"。

由于时代的不同，禅让礼也有所不同，不过大致会有这样几个步骤：首先，禅让者将文武百官召集到始祖庙，宣布退位，并颁布退位诏书和传位诏书；接下来，禅让者会交出代表权位的物件，如

玉玺、金印等；随后，新帝会举行登极仪，宣布改换年号，大赦天下；最后，新帝还要祭告天地和宗社。

据史料记载，东汉末年，汉献帝刘协将帝位禅让给曹丕时，就举办了一场禅让礼。汉献帝先是将众臣召集于始祖庙，颁布退位诏书，诏书上先是说明自己没有治国之才，然后点明要让位给德才兼备的魏王曹丕。汉献帝颁布传位诏书的同时，一并交出了代表皇权的玉玺、金印等物件，由专人保管。

比较有趣的是，在汉献帝让位时，曹丕先是假意拒绝，然后在群臣的劝说下，才"勉为其难"地接受了禅让。紧接着，曹丕命人修建登极用的祭坛。登极那天，他在祭坛上接过玉玺、金印，成为新帝。

除了上面这类禅让礼，如果上一任皇帝要将帝位传给儿子以外的家族成员，也会举行禅让礼。比如宋太祖赵匡胤（yìn）将帝位传给弟弟赵光义时，赵光义就举行了一场禅让仪式，这是因为统治者需要借禅让仪式来证明其统治权的合法性。

31 金鸡忽放赦·赦礼

秦女休行　　［唐］李白

西门秦氏女，秀色如琼花。

手挥白杨刀，清昼杀仇家。

罗袖洒赤血，英气凌紫霞。

直上西山去，关吏相邀遮。

婿为燕国王，身被诏狱加。

犯刑若履(lǚ)虎，不畏落爪牙。

素颈未及断，摧眉伏泥沙。

金鸡忽放赦(shè)，大辟得宽赊(shē)。

何惭聂政姊(zǐ)，万古共惊嗟(jiē)。

藏在古诗词里的中华文明
礼节风俗

在诗人李白的《秦女休行》中，秦氏女为了报仇而杀人，犯下滔天大罪，她逃到西山，但还是被官差抓获，最后被判处死刑。就在行刑当天，帝王大赦天下，她幸运地被免除了死刑。

那么，什么是"大赦天下"呢？原来，在我国古代，帝王登极、禅位或遇到重大事件时，会给天下的罪犯减刑或令其免于处罚。当然，并不是所有的罪犯都能被赦免，像一些十恶不赦的犯人就不在大赦的范围，这里的"十恶"是指包括谋反、不孝、不义等在内的十种罪行，所以会有"十恶不赦"这个成语。

至于赦法也分多种，比如唐代有"大赦""曲赦""别赦"等。"大赦"的对象范围最广，包括天下臣民；"曲赦"是针对特定地区的犯人；"别赦"则是针对个人的赦免。在女皇武则天在位期间，大赦曾有过20多次，原因有皇帝即位、朝廷平乱成功、立太子等。

由于大赦天下能够展现出帝王的仁慈，所以历代帝王在大赦天下时，都会举行一场盛大的大赦仪式。李白的这首诗中有一句"金鸡忽放赦"，是说唐代的大赦礼要在御楼前举行"立金鸡"仪式。所谓"立金鸡"，就是在空地上立起一根一端刻有金鸡的长杆，由杂耍艺人爬上长杆，取出金鸡口中的绛幡（jiàng fān）（赤色旗帜）；然后，一名手拿诏书的道士坐在木制的仙

五 君国之礼

鹤上，沿着绳下御楼，将诏书传给宣读诏书的官员；文武百官行跪拜礼后，宣诏官大声宣读诏书，读完后将诏书交给刑部，刑部按名单释放犯人。

宋代大赦礼也有一定的流程，《宋史·礼志》中就有记载：要提前布置举行大赦礼的宫殿，为皇帝和参加大赦礼的官员、亲王以及藩国大使等设座，并准备帝王专用的钟鼓乐器。此外，掌管犯人的刑部要提前拟定赦免犯人的名单。

到了大赦那天，皇帝穿常服在礼乐之中坐上御座，参加仪式的群臣也各就各位。等礼乐停下后，刑部将名单呈送给皇帝，皇帝看过后若是没有问题，礼乐就会再次响起，这意味着大赦礼正式开始。

仪式的最后，满朝文武要恭贺皇帝，高呼"万岁"；皇帝则会宴请群臣，安排精彩的歌舞表演。

在赦礼中，大赦是最隆重的，规模也最大。据说，宋真宗有一次大赦用到的仪仗人员就多达4000人。到元明清时期，大赦的频率降低，元朝平均每两年有一次；明朝平均五年多大赦一次；清朝就更少了，平均十四年多才有一次。

32 圣明天子初巡幸·巡幸礼

导引·正隆六年六月驾幸南京林钟宫

［元］佚名

神宫壮丽，宫殿压蓬莱，向晓九门开。圣明天子初巡幸，遥驾六龙来。五云影里排仙仗，清跸(bì)绝纤埃(xiān)。都人齐唱升平曲，更进万年杯。

五 君国之礼

在我国古代，帝王巡视各地被称为"巡幸"。"巡"有往来察看的意思，"幸"是指天子驾临某地。

这首词描写的便是帝王巡幸时的场景。皇宫雄伟壮观，比蓬莱仙宫有过之而无不及。天子巡幸这天，天刚亮，皇宫的九扇大门就齐齐大开，英明神武的天子乘坐着由六匹骏马拉着的马车，外出巡幸国土。天子巡幸的仪仗十分盛大，京都的百姓们一边围观天子巡幸，一边歌颂着天子的丰功伟绩，场面十分热闹。

你知道古代帝王为什么要巡幸吗？这是因为皇帝每巡幸一地，就能了解当地的风俗民情，有利于治理国家，同时也能震慑（shè）当地的官员，以便更好地管理下属。当然，皇帝巡幸时还能游山玩水。所以对皇帝来说，巡幸是件一举多得的好事。

为了彰显巡幸的意义，让这一活动合乎礼法，掌管礼制的部门制定了一系列礼仪。这些礼仪经过历代的沿袭，发展成了巡幸礼。那么，巡幸礼包含哪些内容呢？

首先是前期的准备工作。确定皇帝巡幸的日期后，相关部门开始确定陪同人员，建立仪仗队、护卫队等，因为在皇帝巡幸的过程中，每一场典礼活动都要求仪仗、旗鼓齐备，参加典礼人员的仪容、服

饰也要合乎礼仪。同时，被巡幸地区的官员要做好准备，如修建御道、安排住所等。御道就是皇帝巡幸时专门行走的道路，要求坚实、平整，而且不同朝代对御道宽度也有不同的规定。另外，如果巡幸地区有皇家别院，地方官员就不用为皇帝另外安排住所。

其次，皇帝在启程的前一天要斋戒沐浴，举行祭天、祭太庙、祭社稷等一系列祭祀典礼，巡幸途中也沿途祭祀以往的帝王陵墓、孔庙等。此外，皇帝还会派遣大臣去祭祀历代名人名臣的坟墓。

皇帝每巡幸一地，通常会对当地进行大规模的赏赐，如减少百姓的赋税，如果遇上收成不好或受到灾害等情况，还会免除当年的赋税；提拔或赏赐有才能的官员，同时给临时在御前当差的人以不同程度的赏赐；增加当地学府的学生名额，赏赐书籍、学具等。从一定程度来说，皇帝的赏赐行为是"皇恩浩荡"的体现，能够收获民心。

皇帝巡幸时，一般还会带领一批精兵，每抵达一处军事要塞，就举行一场军事演习，演习的项目有骑射、排兵布阵、角斗等。这种演习既能起到震慑敌人的作用，也能向百姓展示军事力量，有利于地方稳定。

33 丰泽籍田将御苑·籍田礼

御园耕种　　［清］爱新觉罗·弘历

弄田播种近臣从，不比亲耕典秩宗。

布谷有声春已暮，看花无兴草全茸。

劳躬漫谓勤民亟(jí)，愁意多缘望雨浓。

丰泽籍(jí)田将御苑，年年端是重三农。

藏在古诗词里的中华文明
礼节风俗

每年春耕之际，为鼓励农民耕种，古代帝王会举行一场亲耕农田的典礼，也就是"籍田礼"。这首《御园耕种》是清朝乾隆皇帝亲自耕种时有感而发写下的。

这年春天，乾隆皇帝在近臣的陪同下，前往御园耕种。他的耳边是布谷鸟的叫声，眼前是满地细小而柔软的草。他不禁联想到农民在地里辛勤劳作的场景，感受到他们对充沛的雨水的渴望。"丰泽籍田将御苑，年年端是重三农"，乾隆皇帝感叹，天子之所以率群臣举行籍田礼，是因为对农业的重视。

由此可见，籍田礼体现了帝王对农业的重视。"国以民为本，民以食为天"，对普通百姓来说，最基本的需求就是吃饭、穿衣。百姓一旦吃不饱、穿不暖，就会发动暴乱，从而威胁到皇帝对国家的统治。所以皇帝为了天下安定，必须重视农业的发展。为了鼓励农民积极耕种，统治者不仅要制定各种农耕政策，还要通过举办帝王亲耕的籍田礼来做个榜样。

籍田礼自周始，通常在每年立

116

五
君国之礼

春时节举行。每任帝王所参加的籍田礼在细节上存在一些差异，但主要的流程大体相同。首先，相关部门要选定一个黄道吉日举行籍田礼，这一日被称为"籍田日"。接下来，相关部门要做一些筹备工作，比如选定举办籍田礼的地点，设立帝王的御帐、观耕台等；由于籍田礼上要祭社稷，所以要准备祭坛和祭祀用的物品；此外，还要准备帝王籍田时的用具，比如耕田用的农具、种子等。

在举行籍田礼的前一天，皇帝和参加籍田礼的王公大臣需要斋戒，还要沐浴更衣、整洁身心，以示虔（qián）诚。在籍田日的早上，皇帝穿戴衮衣（帝王的礼服）和冕（礼冠），在仪仗队的簇拥下前往祭坛祭祀，祈求自己的国土风调雨顺、五谷丰登。祭祀完毕后，皇帝回宫稍作休息，再前往举办籍田礼的地点。

皇帝抵达籍田所在地后，会行"三推礼"，也就是一手扶着犁，一手拿着鞭，驱赶耕牛往返犁地三趟，因此也叫"三推三返"。在皇帝亲耕的时候，还有官员在后面捧着装种子的青箱，负责播

种。"三推三返"之后，皇帝登上观耕台观看官员们排队耕地，等大家都耕完了，再一起去吃饭。

值得一提的是，古代民间会评选"农耕达人"，帝王在籍田礼完毕后，还会用金银绸缎一一奖赏这些农耕好手，这也能起到鼓励农耕的作用。

34 信行塞外还交聘·聘礼

魏倅和铦老一诗因次其韵 ［宋］王炎

俯为生灵与虏和，君王何忍愤挥戈。
信行塞外还交聘(pìn)，人在军中可雅歌。
金帛莫嫌今重弗(fú)，丁黄将见岁加多。
汉淮千里惟青草，乘此屯田可就么(mó)。

藏在古诗词里的中华文明
礼节风俗

在中国古代，人与人之间有交际礼，国与国之间、地区与地区之间也有交际礼仪，这一礼仪被称为"聘礼"。宋代诗人王炎在这首诗中，描述了两国间是如何交际的。

诗人笔下的君王难掩心中的愤怒，想要挥兵攻打蛮族，可为了天下百姓能安居乐业，不得不与蛮族和谈。蛮族派使者前来问候，君王也派使者去塞外问候蛮族。聘礼使两国得以和平共处，让驻守边疆的将士能在军中载歌载舞，百姓也能过上安定的生活，不必因战争而流离失所。

聘礼属于"五礼"中的宾礼。早在春秋战国时期，就有了明确的外交活动的记载，并形成了一套具体的交聘礼仪。当时的交聘活动既有诸侯朝聘（古代诸侯亲自或派使臣按期朝见天子），也有诸侯之间相互聘问（国与国或各个方面之间遣使访问）。人们将一年一聘称为"小聘"，三年一聘称为"大聘"，五年一聘称为"朝聘"。

古人将去他国进行聘问活动的大臣称为"使者"。在《礼仪·王制》中，郑玄注："小聘，使大夫；大聘，使卿；朝，则君自行。"也就是说，不同级别的聘问活动，派遣使者的爵位有所不同，五年一次的朝聘，需要诸侯亲自去朝见天子。交聘的人数也有明确

五 君国之礼

规定，使者的爵位越高，随行的人数就越多。

聘礼在很大程度上决定了两国的关系，所以古代各国尤为重视交聘礼节。古代的聘礼主要由六个部分组成。

第一部分是"郊劳"。当使者快要抵达主国的近郊时，主国的国君为表诚意，要派大臣前去迎接，由大臣带领使团入住宾馆，并设宴款待。

第二部分是"聘享"。"聘享"是由"聘"与"享"两个礼仪组成的，其中"聘"是指聘问，通常在宗庙举行，使者代本国国君致辞并献圭璋；"享"是指献纳，就是将礼物献给国君或国君夫人。在整个交聘礼仪中，聘享礼是最重要的，代表着一个国家交好的诚心。

第三部分是"私觌（dí）"。其中，"觌"为见面之意，"私觌"就是指私下见面。这一礼节是使者以私人的身份去见主国国君或朝中大臣，并献上厚礼。主国的大臣则要设下宴席款待使者，并给予丰厚的回礼。

第四部分是"飨（xiǎng）宾"。"飨宾"是指主国国君设宴款待使者。通常，宴席中会安排表演。

第五部分是"馆宾"。使者回国前夕，主国国君要归还使者献上的玉器，这一礼仪能彰显帝王的品德，因为

在古代玉象征着美好的品德。与此同时，国君还要去使者的宾馆，与使者互表两国交好的意愿。

第六部分是"馈（kuì）赠"。使者启程回国时，第一晚会在主国近郊休息。主国国君会派遣大臣赠予使者礼物，以表礼尚往来。

在聘礼的六大礼仪中，又夹杂着许多细微的礼仪，比如面见时的穿戴礼、跪拜礼等，就连礼乐、礼器和宴席的规格都有明确的规定，只有将一切细节处理好，才不会失礼。

35 因行射礼命群贤·射礼

游玉津园赐皇太子以下官　　［宋］赵昚(shèn)

一天秋色破寒烟，别籞(yù)连堤压巨川。

欣见岁功成万宝，因行射礼命群贤。

腾腾喜气随飞羽，袅袅凄风入控弦。

文武从来资并用，酒余端有侍臣篇。

藏在古诗词里的中华文明
礼节风俗

秋高气爽，天朗气清，宋孝宗赵昚在群臣的陪同下前往玉津园游玩。他在路途中看到百姓们收获了各种果实，心情大好之下就命群臣在玉津园里举行了一场射礼。那一支支箭像是沾染了丰收的喜气，向着靶心飞驰而去。宋孝宗不禁感叹：真正的人才从来都是文武双全的。

什么是射礼？"射"是指射箭，在周代就被列入当时教育的内容，还是中国古代"六艺"（礼、乐、射、御、书、数）之一。

古人认为，从一个人射箭的动作就能够看出其品德如何，因为只有意志坚定、心无旁骛才能射中目标。以射箭看人品，这也是射礼流行的原因之一。

射礼可分为四种，即大射、宾射、燕射和乡射。大射礼是古代天子用来挑选参加祭祀活动人选的礼仪活动。比如，诸侯需每三年向天子推荐射手，天子会从礼仪、姿态、命中率等方面综合考察射手。如果射手各方面都很出众，那么诸侯就可以参加祭祀活动；反之，若射手表现平平，诸侯就不能参加。

宾射是诸侯朝见天子、诸侯与诸侯相见时

五 君国之礼

举行的射礼，燕射则是在宾客宴饮时举行的，这两种射礼偏向于娱乐休闲。乡射则是地方官为选拔贤士举行的射礼。

射礼的流程大致相似。在举行射礼前，要先做准备工作，比如布置场地，准备弓、箭、壶、算筹等器具，选定司射（主持射礼的人）、射手等。射礼那天，宾客到来后，主人要前去欢迎，相互行完揖礼后将宾客引入堂内。在射礼举行前，要先行燕礼，即主人设宴招待来宾。燕礼举行期间有各种歌舞表演，宴会结束后，才正式进入射箭环节。

射礼首先由司射主持开礼，也就是举行开射仪式。仪式开始后，司射用胳膊夹着弓箭，邀请宾客射箭，宾客出于礼貌会拒绝。司射再次邀请，直到宾客答应为止。接着，司射向主人汇报宾客答应射箭，得到主人的准允后，开始"配耦（ǒu）"。

所谓"配耦"，就是将射手分组；射艺相当的两人分为一组，即为"一耦"。配耦的数量由爵位决定，比如天子举行的射礼用六耦，诸侯举行的射礼用四耦，大夫、士举行的射礼用三耦。在射箭前，

清代举行射礼的场景

司射会为射手讲明规则，并亲自做示范。这个示范包括：进场、行揖礼、目视靶心、俯看双足、拉弓射箭、取箭以及退场，目的在于让射手的一言一行都有礼可循。

接下来是三番射箭。第一番射箭是练习，不计入成绩。第二番射箭才是正式比赛。司射用算筹（古代计算工具）记录射手的成绩，算筹要放入专门的器具当中。通常，天子用的器具名为"皮树中""闾（lú）中"和"虎中"，大夫用"兕（sì）中"，士用"鹿中"，这些器具上都雕刻着不同的兽类图案。比赛结束后，统计成绩，然后进入罚酒和献酒的环节。输的一方先喝罚酒，再向胜利的一方行拱手礼，而司射要向报靶人献酒。至此，第二番射箭结束。第三番射箭的过程与第二番射箭基本相同，只不过比射时有配乐。

三番射箭结束后，有时主家会安排余兴节目，在礼乐中互相敬茶。余兴节目结束后，宾客起身告辞，主家相送。

随着时代的发展，从射礼中发展出了投壶礼，主要在宴请宾客时举行，规则是把没有箭头的箭杆投到壶中去。秦汉以后，投壶成了一种文雅的娱乐项目，人们还总结出了各种各样的技巧。明朝时，投壶在民间更是盛行，甚至有专门的书总结了140多种技法。可惜进入清代以后，投壶逐渐走向衰落，最终退出历史舞台。

36 大夸田猎废农收·田猎礼

咏史诗·射熊馆　　［唐］胡曾

汉帝荒唐不解忧，大夸田猎废农收。

子云徒献长杨赋，肯念高皇沐雨秋。

田猎，又称"狩猎""打猎"。最初，人们田猎是为了果腹谋生。随着生产力的不断提高，田猎成了统治者和文人雅士的娱乐活动。其中，帝王田猎还有诸多礼仪要求，场面壮观，声势浩大。

古代的帝王究竟有多痴迷于田猎呢？读完唐代诗人胡曾的这首诗，我们就会知道汉武帝嗜（shì）猎如命。他大夸田猎的优点，鼓励百姓们废弃农田，大兴田猎。大臣眼见荒田遍野，就写下长文劝诫汉武帝要重农，不要痴迷于田猎，更盼望着汉高祖能显灵，保佑大汉风调雨顺、秋季大收。

《汉书·司马相如列传》中说："相如从上至长杨猎。是时天子方好自击熊豕（shǐ），驰逐野兽。"意思是，汉武帝痴迷田猎，常去长杨宫田猎，专爱狩猎熊或野猪之类的猛兽。大臣司马相如担心汉武帝的人身安全，还用心良苦地写了一篇劝谏（jiàn）文章。

当然，历史上不止汉武帝痴迷田猎，唐高祖李渊为了打猎曾忘记处理政务，唐太宗李世民也曾赤手空拳斗野猪……

那么，古代帝王的田猎礼是什么样的呢？帝王每个季节都会去田猎，春季举行的田猎为"春蒐（sōu）"，夏季举行的田猎为"夏苗"，秋季举行的田猎为"秋狝（xiǎn）"，冬季举行的田猎为"冬狩（shòu）"。

每个季节的田猎仪式大同小异。首先要定下田猎的地点，用旗帜标志出大致的狩猎范围，同时修建帝王的行宫；其次要选定参与

五 君国之礼

田猎活动的文武大臣等随行人员，并进行明确分工和排列好狩猎阵势。

准备完毕后，帝王身穿华服，乘坐专车，在仪仗队的簇拥下入住行宫。田猎那天，帝王改穿便于狩猎的衣服，手持弓箭，骑着高头大马在礼乐中率先进入猎场，其他王公大臣随后进场。在狩猎的过程中，他们会以鸣角、击鼓等方式协同狩猎，狩到的猎物由专人看管。

清代秋季田猎的场景

通常，一场田猎会持续多日。田猎结束后，相关人员会击鼓解围，帝王也会回到行宫；之后会对狩到的猎物进行分配，帝王也会奖赏在田猎中表现出色的将臣。最后，帝王回皇宫，兵将回军营，等到下一季再去田猎。

值得一提的是，田猎礼并不仅仅是为满足帝王的爱好而举行的，它还有其他的目的，比如可以保护农作物不受禽兽的糟蹋（zāo tà），还可以用狩到的猎物招待宾客或祭祀等。更为重要的是，田猎能够训练兵将骑射，所以田猎礼也是古代军礼的重要组成部分。

37 何时闻遣将·遣将仪

纵　笔　　［宋］陆游

故国吾宗庙，群胡我寇仇。

但应坚此念，宁假用它谋！

望驾遗民老，忘兵志士忧。

何时闻遣将，往护北平秋？

五
君国之礼

在古代中国，每逢战事，皇帝会与大臣们反复商讨，选定领兵出征的大将，并且在出征前举行一场庄严而隆重的遣将仪式。

在宋代爱国诗人陆游的《纵笔》中，金军长驱直入北宋。北宋灭亡后，赵构在应天府（今河南商丘）称帝，建立了南宋。然而，金兵没有收兵，而是继续南下进攻。南宋节节败退，最终只能俯首称臣。国破家亡的变故和颠沛（pèi）流离的生活，使得陆游无比渴望听到朝廷要举办一场盛大的遣将仪式的消息，所以才有了"何时闻遣将，往护北平秋"的感叹。

这种遣将仪式由来已久。在楚汉争霸时期，有个"萧何月下追韩信"的故事。韩信是个有才能的人，曾效力于西楚霸王项羽，但因得不到重用而投奔了汉王刘邦。然而，刘邦也没有重用韩信。于是，韩信在一个月朗星稀的夜晚逃出了军营，幸好萧何去追回了他。后来，刘邦见识到了韩信的才华，要册封他为大将军，萧何就建议刘邦设坛拜将，举行一场遣将仪式。

古代统治者举办遣将仪式，一方面是为了激发统帅对朝廷、对天子的忠心；另一方面是确立统帅在军中的权威，使得军心统一，便于作战。

每个朝代的遣将仪式不尽相同。如春秋时期，君主定下将领后要斋

戒三天，然后在太庙举行遣将仪式。在仪式上，君主面向南方站立，将领面向北方站立，君主将钺（yuè）（像斧子一样的兵器）授予将领，宣布将领有绝对的裁决军务的权力，同时送上临别嘱托。这时，将领要向君主表示忠心，展现斗志。将领率军启程时，君主和文武百官要一路将其送到城门。临别前，君主要弯腰推动战车，给予将领最后的嘱托。至此，遣将仪式结束，将领率军向战场出发。

春秋战国之后，有的朝代的君主会在举行遣将仪式前先祭祖，祈求先祖保佑战事胜利，然后再授予将领代表军权的信物。到了明清时期，遣将仪式有了很大的变化，比如明朝时遣将仪式直接在皇宫内举行。在那一天，皇帝要穿戎（róng）服（军服），由官员宣读任命诏书，并授予将领代表兵权的信物或武器。之后，出征的大将军检阅兵将，竖起军旗，在锣鼓声中启程，文武百官则一路相送。

总的来看，历史上的遣将仪式大多是庄重、盛大的，有利于鼓舞军心、赢得胜利。

38 圣主亲征百辟从·亲征仪

阅兵奏凯（其四）·得捷二　　［明］陶安

圣主亲征百辟从，躬提黄钺(yuè)振皇风。
却嗟(jiē)螳臂那当辙(zhé)，万甲桓(huán)桓画虎熊。

明太祖朱元璋曾御驾亲征，既是诗人又是谋士的陶安在听到朱元璋凯旋的消息后，欣喜若狂，一连写下多首赞美皇帝英勇威武的诗。

这首诗描写了皇帝亲征，将士们跟随在他左右的情景。在战场上，皇帝挥舞兵器的模样勇猛而矫健，将士们也士气高涨，英勇善战。诗人将自己这方的力量比作车轮，将敌方的力量比作螳螂臂，笑叹敌方螳臂当车，不自量力，同时感叹皇帝英明神武，未来会名垂千古。

诗中的"亲征"一词通常为帝王专用，是指皇帝亲自率军出征。在我国古代历史上，御驾亲征的皇帝不在少数，如汉高祖刘邦曾亲征匈奴、明成祖朱棣五次亲征漠北、清圣祖康熙三次亲征噶尔丹……

皇帝御驾亲征意义非凡，首先，皇帝不畏凶险，英勇杀敌，能大大地激发将士们的斗志；其次，皇帝亲征，坐镇军中，能及时更换将领，避免军心不齐、各自为战；最后，皇帝亲征能赢得民心。

历代帝王为了将亲征的意义最大化，都会在出征前举办一场隆重的亲征仪。纵观各个朝代，亲征仪一般包含以下几个方面。

第一是戒严。举办亲征仪前，要先做好皇帝的安保工作，进行戒严，禁止闲杂人等进出京城。在亲征仪开始的第一天清晨，负责安保的人员要各就各位。与此同时，文武百官要提前抵达进行祭祀的庙宇，迎接皇帝的到来。

第二是行祭天礼。在文武百官的恭迎下，皇帝抵达庙宇，进入

五 君国之礼

提前修好的御帐内休息。在行祭天礼的前一天,皇帝和参加祭礼的官员们要斋戒一天。祭天这天,皇帝在仪仗队的簇拥下前往祭坛,先献酒,再以牲畜、玉帛、钱币等供奉天神,最后领着群臣行三跪九叩礼,祈求能旗开得胜。

第三是誓师仪式。举行誓师仪式既是为了皇帝亲征师出有名,也是为了鼓舞士气。仪式上,由皇帝或皇帝指派的官员向将士们和文武百官讲明出兵的原因、想要达成的目的以及军队纪律等,然后踏上征途。

第四是祭祀各路神灵。在皇帝亲征的路途中,经过名山名川

时，都要遵循古礼进行祭拜。

第五是凯旋礼。皇帝每打一次胜仗，都要将胜利的消息昭告天下，这既是为了鼓舞军中士气，也是为了宣扬自己的功德，以达到稳固民心的目的。当战争结束且大获全胜时，要用礼乐来庆祝胜利，同时也要祭天、祭祖，告知诸神和先人胜利的消息。之后，皇帝会对将士们论功行赏，并举办其他的庆祝活动。

由此可见，亲征仪耗费的时间长，流程烦琐，可以说是古代非常重要的礼仪之一。

六 民间风俗

古诗词中的民间风俗丰富多彩。品读诗词，我们仿佛能看见孩童放风筝的快乐场面，感受到鞭春牛的热闹氛围，体验到斗草、晒书的别致趣味……这些民间风俗是古人生活的缩影，也是中华优秀传统文化的重要组成部分。

39 忙趁东风放纸鸢·放风筝

村 居 ［清］高鼎(dǐng)

草长莺飞二月天，拂堤杨柳醉春烟。

儿童散学归来早，忙趁东风放纸鸢(yuān)。

(六) 民间风俗

农历二月，村庄前后青草繁茂，黄莺在空中自由自在地飞翔，杨柳伸着长长的枝条，随风摆动，好像在轻轻地抚摸着堤岸。村里的孩子放学后都早早回家，趁着东风吹得正起劲，赶忙放起了纸鸢（风筝）。诗人高鼎高兴地看着这一切，写下了这首广为流传的诗歌。

从诗中，我们不难看出古代的孩子对放纸鸢这个活动有多么热爱。纸鸢是风筝的别称，有着悠久的历史。最早的纸鸢，骨架是由木头制成的，因此当时也叫"木鸢"，据传是春秋战国时期由墨子发明的。后来，巧匠鲁班改进了木鸢，用竹子做风筝的骨架，让其变得更加轻盈。蔡伦改进造纸术后，出现了用纸做的风筝，即纸鸢。

晚唐时，人们在纸鸢上加上竹笛，这样纸鸢飞上高高的天空后，被风一吹，会发出声响，好像筝的弹奏声，于是纸鸢就有了"风筝"这个名字。五代以后，"风筝"成了统一的称呼，并沿袭至今，但民间仍有"鸢""鹞（yào）"等称呼。

对古人来说，放风筝是一种习俗，也是他们喜爱的活动之一。在春秋两季天气晴朗、风力适宜的时候，他们会去郊外放风筝。另外，他们还有在节日放风筝的习俗，像寒食节、清明节等都是放风筝的好日子。唐代诗人罗隐在寒食节这天看到天上飘着很多风筝，写下了《寒食日早出城东》这首诗，里面有"不得高飞便，回头望纸鸢"的句子。宋代词人周密在《武林旧事》里也写道："清明时节，人们到郊外放风鸢，日暮方归。"

随着时代的发展，古人制作纸鸢的技艺不断提升，设计的样

燕子纸鸢

金鱼纸鸢

蜻蜓纸鸢

式也越来越丰富。有的风筝造型模仿大自然中的动物，如鸟雀、鱼虾、昆虫、猛兽等；有的风筝被设计成有吉祥寓意的样式，如"年年有余""莲花童子""龙凤呈祥""鲤鱼向龙门"等，表达了古人对美好生活的期待与向往。

到了现代，风筝的样式更加丰富，制作技艺也更加精湛（zhàn）。放风筝这一活动深受人们的喜爱，每年4月中旬，"世界风筝之都"——山东潍坊（wéi fāng）会举行热闹的风筝节。这里的风筝造型奇特，工艺精美，吸引了世界各地的游人前来参观。

40 小儿著鞭鞭土牛·鞭春牛

观小儿戏打春牛　　［宋］杨万里

小儿著鞭鞭土牛，学翁打春先打头。
黄牛黄蹄白双角，牧童缘蓑笠青箬。
今年土脉应雨膏，去年不似今年乐。
儿闻年登喜不饥，牛闻年登愁不肥。
麦穗即看云作帚，稻米亦复珠盈斗。
大田耕尽却耕山，黄牛从此何时闲？

藏在古诗词里的中华文明
礼节风俗

鞭春牛又称"打春牛""鞭春",是古代立春节气的习俗之一。对古人来说,牛是珍贵的家畜,他们舍不得打真牛,所以打的是泥塑或纸糊的假牛。古人之所以鞭打春牛,是要以这种方式宣告春耕的开始,同时期望风调雨顺、五谷丰登。

宋代诗人杨万里在这首诗中,就以孩童的视角描写了打春牛的场景:又是一年立春,一群孩子学着大人们的模样兴奋地鞭打春牛。这头黄牛是泥塑的,蹄子是黄色的,头上的双角是白色的,牛身上还坐着个穿蓑戴笠的小牧童。在诗人眼里,孩童打春牛的场景无疑是热闹且有趣的。与打春牛相呼应的是,今年的土地比去年肥沃,雨水也更充沛,这预示着今年一定是个丰收年。

这种鞭春牛的习俗由来已久,早在周朝时就有记载。《周礼·月令》中就写道:"出土牛,以送寒气。"意思是,人们以鞭打土牛的方式送走寒冬,迎接春天。到了唐宋时期,鞭春牛更加盛行,再加上朝廷极力推广,这一民俗传播范围更广。

据地方志记载,在宋朝熙宁年间,每年立春,秦州(今甘肃天水)城外的一处空旷(kuàng)场地上就会挤满了人。知州领着一众官员,每人手里拿着一根用五色丝带缠绕的彩杖,围着一头披红挂彩

142

六 民间风俗

的春牛。这头春牛是泥塑的,栩(xǔ)栩如生,春牛的身旁还摆着各种农具。当鼓乐响起,两名小吏唱起劝农歌,知州率先围着春牛转一圈,鞭打春牛三鞭,而后其他官员依次围着春牛转圈、鞭打春牛。等最后一位官员打完春牛后,百姓们会蜂拥而上鞭打春牛。春牛被打碎了,许多百姓还会将泥土带回家,期望今年大丰收。

这一套仪式被称为"鞭春牛"。不只是秦州,宋朝的其他地区在立春这天,也会由官府组织鞭春牛。上到天子,下到小吏,都要围着春牛转圈,鞭打春牛三鞭。天子为了鼓励百姓春耕,还会举行"籍田礼",即亲自下田推犁。

明清时期延续了鞭春牛的传统,仪式一般也由官府主持。清朝时,朝廷每年还会印制《春牛图》,又称《春牛芒神图》,明确这一年春牛的颜色、尺寸、形象等;之后将《春牛图》发放至各个州县,让人们按照要求制作春牛,以举行鞭春牛的仪式。

时至今日,我国的一些地区仍然有鞭春牛的习俗,但更多的是将它当作一项有趣的娱乐活动。

41 杨柳东风树·折柳送别

折杨柳　　［唐］王之涣

杨柳东风树，青青夹御河。
近来攀折苦，应为离别多。

(六) 民间风俗

暮春时节,长安城外,诗人王之涣正在送别自己的好友。此时远看御河(长安的护城河)两岸,杨柳青青,那碧绿的柳条正随着春风起舞;可走近细瞧,却发现树上的柳条被人攀折掉不少。这让诗人发出了感慨:最近柳树屡屡遭受攀折之苦,应该是要分别的人太多了吧?

这首小诗读起来有些平淡,可细细品味,却让人感受到那股浓浓的惜别之情。诗中提到的"折柳"是古代一种送别的习俗,当亲朋好友分别时,送行的人总会折一枝柳条送给远行的人。

这种习俗的形成,和柳树本身的特点有很大的关系。柳树是我国古老的原生树种,具有旺盛的生命力,把柳枝插在土壤(rǎng)中就能存活。人们折柳赠送亲友,是为了表达一种美好的祝愿——希望对方到了新的地方后,能像柳树一样快速、顺利地适应环境。

另外,由于"柳"字与"留"字谐音,所以"折柳送别"也能表达出送别的人心中留恋、不忍离别的情感。

折柳送别的习俗由来已久。早在先秦时,柳树就和"惜别"联系在一起。在《诗经·小雅·采薇》一诗中,就有"昔我往矣,杨柳依依。今我来思,雨雪霏(fēi)霏"的句子,说的是戍(shù)边军人当年离开家乡时正值春天,轻柔的柳枝随风飘拂,好像在表达依依惜别的情感;而他归来时,却是寒冬腊月,雨雪纷飞的天气让他的心情更加伤感、悲愁。

到了汉代,经济文化繁荣,交通也越来越便利。人们时常外出

经商、求学，折柳送别的习俗逐渐兴起。那时，在长安城的东边有一座灞（bà）桥，亲朋好友在这座桥上分别，送行的人见桥边杨柳青青，便折下一枝送给远行的人。

到了隋唐时期，折柳送别的习俗已经非常普遍。诗人们在送别的同时，往往还会以"柳"为主题，写下饱含深情的诗篇。据统计，《全唐诗》里专门咏柳的诗就有400多首，而且在这些诗中，杨柳常常和"客""行人""送别""游""归""攀折""断肠"等字眼一起出现。

比较有趣的是，因为折柳送别的习俗太过风靡（mí），导致柳条都快被折光了，王之涣的这首诗就透露出这样的意思。而唐代诗人白居易也曾写下"小树不禁攀折苦，乞君留取两三条"的诗句，想要告诫大家"爱护柳枝，人人有责"。

现在，虽然亲朋好友分别时不再折柳送别，但离别、思念的情感是不会改变的。

42 原是今朝斗草赢·斗草

破阵子·春景　　［宋］晏(yàn)殊

燕子来时新社，梨花落后清明。池上碧苔三四点，叶底黄鹂一两声。日长飞絮(xù)轻。　　巧笑东邻女伴，采桑径(jìng)里逢迎。疑怪昨宵春梦好，**原是今朝斗草赢**，笑从双脸生。

藏在古诗词里的中华文明
礼节风俗

晏殊是宋代婉约派词人，他的词婉转含蓄，有一种独特的美感，这首词就体现出了这一特点。晏殊先是用优美的语言描绘了春日的明媚，又刻画了一群少女在大自然中的欢乐情态。那个可爱的"东邻女伴"，脸上之所以会浮现出笑意，是因为她玩"斗草"获得了胜利。

斗草也叫"斗百草"，既是一种民俗活动，又是古人在春日里非常喜爱的游戏之一。早在夏代，古人就有五月初五采药的习俗。在采药的过程中，大家相互比赛，看谁采得多、谁的植物知识丰富、谁采的草药韧，"斗草"也就自然而然地产生了。

在魏晋南北朝时，斗草演变成端午节的民俗活动。在唐代，端午斗草已经非常盛行，男女老少都爱玩这种游戏。唐代诗人崔颢（hào）的《王家少妇》中有"闲来斗百草，度日不成妆"的诗句，说的是王家妇人只要有空就去斗草，连自己的仪容都不顾了。可见唐朝人有多么爱斗草。

到了宋代，人们更加喜爱斗草，不但有端午斗草，还有春社、清明斗草。明清时期，斗草依然很流行，还深受孩子们的喜爱。清

148

六 民间风俗

代画家金廷标有幅《群婴斗草图》，画的是一群白白胖胖的小娃娃正在斗草。他们有的在找草，有的正在比赛；输了的垂头丧气，赢了的兴高采烈。整幅画看上去热闹非凡。

那么，斗草到底是怎么斗的呢？主要有"武斗"和"文斗"两种玩法。"武斗"是比赛双方各摘一根坚韧的草，然后将两根草交叉在一起，再用力拉扯自己的草的两端，谁的草后断，谁就获胜。"文斗"则是比赛双方各采集很多种草，然后用对仗的形式互报草名。《红楼梦》中就有"文斗"的场景，当时香菱（líng）与大观园里的几个小戏子斗草，一方说"我有观音柳"，另一方马上对"我有罗汉松"……像这样一直对下去，谁采的花草种类多，对仗的水平高，能够坚持到最后，谁就是优胜者。

一般来说，"文斗"更适合文人雅士；"武斗"则更多地流行于老百姓之间，特别是儿童之中。但不管哪一种玩法，斗草都能让人们增加对植物的认识，还能给生活带来很多乐趣，所以它是一种健康、有益的民俗活动。

43 知有儿童挑促织·斗蟋蟀

夜书所见　　［宋］叶绍翁

萧萧梧叶送寒声，江上秋风动客情。

知有儿童挑促织，夜深篱落一灯明。

(六) 民间风俗

一阵阵萧瑟的梧桐叶响，送来了阵阵寒意。江上吹来秋风，让漂泊在外的诗人叶绍翁思念起了自己的家乡。在这深夜时分，他看到不远处的篱笆下闪动着一盏明灯，料想是孩子们还在兴致勃勃地斗蟋蟀（xī shuài）。这充满童趣的热闹情景更反衬出了游子的孤独、无奈。

诗中的"促织"指的就是蟋蟀，用草叶挑动促织也就是在斗蟋蟀。蟋蟀是一种古老的昆虫，也叫"蛐蛐"。这种昆虫之所以又叫"促织"，是因为古人一听到蟋蟀的叫声，便知道秋天到了，要抓紧时间织布做衣服，好准备过冬。

至于斗蟋蟀这项民间习俗，也有很久的历史了。早在唐朝天宝年间，人们就发现蟋蟀生性好斗，当时长安的富人用象牙雕刻成的笼子装蟋蟀，还让蟋蟀互相比斗，以此取乐。

到了宋代，斗蟋蟀越发盛行，人们对蟋蟀的研究也更加深入，南宋宰相贾似道还编写了一部著作《促织经》。当时不管是王孙贵族，还是平民百姓，都很喜欢斗蟋蟀。而贾似道更是斗蟋蟀的好手，还被人们称为"蟋蟀宰相"。据说，他连上朝时都要带上蟋蟀，有一次蟋蟀还从他的袖子里跳了出来，让大家哭笑不得。

到了明清时期，斗蟋蟀更加流行，就连酒坊、茶馆里都设有斗蟋蟀的娱乐服务，人们在蟋蟀的捕捉、饲养、斗法上也更加讲究。就拿捉蟋蟀来说，因为蟋蟀喜欢在夜间出没，平时也生活在比较潮湿的环境中，所以人们就在夜晚提着竹筒、铜丝罩、小笼子等器具，到田间、草丛中或是墙缝、土洞中寻找。

捕捉到蟋蟀后,还要挑选出品质最好的,放在瓷质、陶质的罐子里精心饲养。这种罐子往往非常精美,让斗蟋蟀有了更多的观赏价值。

在斗蟋蟀时,人们会给蟋蟀编号,还会检查它们的健康状况,之后就把两只个头差不多的蟋蟀放进泥盆中,再用马尾鬃(zōng)等引逗蟋蟀,让它们厮杀,直到其中一只败下阵来。常胜的蟋蟀会被大家称为"将军",主人也会感到与有荣焉。

到了现代,娱乐活动越来越丰富,斗蟋蟀虽然没有过去那么受欢迎了,但并没有被人们遗忘。有的地方还在举行斗蟋蟀比赛,给人们的生活带来了很多乐趣。

44 无人不送穷·送穷

晦日送穷三首（其一） ［唐］姚合

年年到此日，沥酒拜街中。

万户千门看，无人不送穷。

藏在古诗词里的中华文明
礼节风俗

古时有一种有趣的风俗,叫"送穷",意思是"送穷鬼,迎财神",以此期待好运和财富的降临。唐代诗人姚合的《晦日送穷三首》,向我们展示了古人是多么执着于"送穷",又是如何"送穷"的。

又到了一年一度的送穷日,诗人推开家门,将杯子里的酒水洒在地上,祈求"穷鬼"走得远远的。他做完送穷的仪式后,不经意地看向其他人家,没想到家家户户都在街上洒酒水。看到人人都在送穷,诗人忍不住感叹,穷是送不走的,送穷仅仅是一种对美好生活的期望。

送穷也叫"送五穷""送穷土"等。各个朝代、各个地区送穷的时间有所不同,有的在正月初五或正月初六送穷,有的在正月二十九或正月的最后一天送穷。

关于送穷中"穷鬼"的由来,有很多种说法。其中有这样一个传说:相传,在上古颛顼(zhuān xū)帝时代,宫中诞生了一个男孩。每当人们给男孩穿上新衣服,他就大哭不止。小男孩长大后,依然讨厌穿新衣,如果硬要给他穿,他不是撕烂新衣,就是在肮脏的地方打滚,直到将新衣弄得破旧不堪为止。于是,人们就把这个男孩称为"穷子"或"穷鬼"。

六
民间风俗

古时送穷的仪式有很多,简单的送穷仪式有上述诗中提到的"沥酒拜街中",就是对街洒酒祭送穷鬼;也有在清晨点燃爆竹,将垃圾倒到门外。复杂的送穷仪式则是,用纸剪出一个妇人模样的小人,小人背着个装满垃圾的纸袋,将纸做的妇人送走,就算是送穷了,所以送穷也有"送穷媳妇出门"的说法。

在诗人姚合生活的唐代,送穷的风俗尤为盛行,大文学家韩愈还写过一篇著名的《送穷文》。他在文章中虚构出一个"穷鬼",并与"穷鬼"展开了妙趣横生的对话。

在送穷日那天,韩愈吩咐奴仆为"穷鬼"准备好离开的物品:有柳条编织而成的车,有草编织的船,还有干粮,等等。准备好这些后,奴仆对"穷鬼"说:"你赶紧离开吧!""穷鬼"却质问韩愈:"我陪伴了你四十余年,从你还是孩子的时候就保护你,从不嫌弃你,从没有背叛你。现在,你为什么要赶我走呢?"

从韩愈的文章中可以看出,古人对送穷风俗是相当重视的。到了宋朝,送穷风俗依然流行。这时期有许多有关送穷的诗篇,宋代诗人石延年就写有一首《送穷》:"世人贪利意非均,交送穷愁与底人。穷鬼无归于我去,我心忧道不忧贫。"

一直到今天,一些地区还保留着送穷的风俗。除了送穷,人们还会进行大扫除、清理厕所、送走垃圾等活动,反映出大家希望辞旧迎新、迎接新的美好生活的愿望。

45 学人拜新月·拜月

幼女词
［唐］施肩吾

幼女才六岁，未知巧与拙(zhuō)。

向夜在堂前，学人拜新月。

(六) 民间风俗

夜晚来临，月亮悄悄挂上了枝头，唐代诗人施肩吾看见了有趣的一幕：他的女儿才六岁，还看不出聪明和笨拙，竟站在堂前，学着大人的模样拜起了新月。

诗中的"拜月"其实是古人的一种习俗。只是，古人为什么要拜月呢？

首先，拜月有祈求美好姻缘的目的。唐代诗人李端在《拜新月》中写道："开帘见新月，便即下阶拜。细语人不闻，北风吹裙带。"说的是一名年轻的女子掀开垂帘，抬头看见悬挂在天空的新月，便走下台阶，双手合在胸前叩拜起月亮。她有些害羞，嘴里喃喃细语着，不想让人知道她祈求了什么。此时一阵北风吹过，她的裙带随风摇曳。

女子拜月时神态娇羞，不想让外人知道，这可能是因为她在祈求姻缘。因为古人将主管姻缘的神仙称为"月老"，人们对着月亮倾诉儿女情长，仿佛心愿就能实现。通常，古人会在七夕节拜月，这时候是农历月初，月亮是一弯月牙，也叫"新月"，所以此时拜月也叫"拜新月"。

其次，拜月还有祈望家人团圆、生活美满的目的。"人有悲欢离合，月有阴晴圆缺"，古人认为残缺的月亮象征着离别，而又大又圆的月亮象征着团圆，所以人们会在月圆时（比如中秋节）拜月。

此外，读书人也会拜月，祈求自己在科举中状元及第；爱美的女孩拜月，则是祈求自己能貌似嫦娥，面如皓（hào）月。

民间还流传着许多耳熟能详的拜月传说，比如"无盐拜月"的

故事。相传，齐国有一位奇丑无比的女子，名叫"无盐"。她虽然长得不好看，但是品德出众，长大后嫁给了当时的齐宣王。然而，齐宣王很不待见她。有一年八月十五，无盐走到屋外，对着月亮虔诚一拜。恰好齐宣王路过，他见柔美的月光洒在她的脸上，忽然觉得她异常美丽。后来无盐直言进谏，批评齐宣王不思进取，齐宣王为表悔改之心，立她为王后。

在历史上，宋、明两朝拜月之风盛行，尤其是明朝，人们会拿出许多精美的祭品祭拜月亮，有些还会在家中设立月神牌位，以便随时祭拜。不过，各地区的拜月习俗有所不同。一些地区有"男不拜月，女不祭灶"的习俗，是说男性不拜月，仅女性拜月。

时至今日，一些地区仍然有拜月的习俗，但更多的还是在月夜欣赏皎（jiǎo）洁的月色，感受大自然的美好。

46 闲庭散旧编·晒书

六月六日晒书　　［清］潘奕隽

三伏乘朝爽，闲庭散旧编。

如游千载上，与结半生缘。

读喜年非耋(dié)，题惊岁又迁。

呼儿勤检点，家世只青毡(zhān)。

藏在古诗词里的中华文明
礼节风俗

"晒书"是一种富有文化韵味的习俗。在古代，由于书数量有限，储存条件差，人们担心珍贵的藏书会受潮或被蠹（dù）虫（也叫"蛀虫"，是一种能够咬蚀器物、书册的小虫）破坏，便形成了定期晒书的习俗。清代书画家潘奕隽就在诗中记录了自己在农历六月初六晒书的事情。

这天一早，趁着天气还不太热，诗人把自己收藏的旧书都摆在庭院中，一卷卷摊开晾晒。他小心地检查着书卷，仿佛在书海之中尽情地畅游。他和书结缘近半生，现在年纪大了，爱书的心却一点都没有改变。他还呼唤孩子一起来晒书，希望能把这良好的家风延续下去……

对于文人雅士来说，晒书确实是一件富有情趣的事情。根据古书的记载，早在东汉时期，就有了七夕晒经书、晒衣裳的习俗，那时候的书多由竹简制成，搬运起来很不容易，但古人仍然乐此不疲。

到了宋朝，晒书开始盛行。《宋史》记载：大中祥符四年正月"丙申，诏

六 民间风俗

以六月六日天书再降日为"天贶（kuàng）节"。宋代的文人还常常把晒书活动变成聚会，因此晒书也叫"晒书会"或"曝书会"。在聚会上，大家可以分享自己的藏书，品读珍贵的典籍，还能趁此机会交朋结友。宋代大文豪苏轼就曾经在浙江湖州参加过这样的聚会，他"晒"出了自己收藏的书画作品，得到了朋友的高度评价。

当然，晒书不是简单地把书从藏书的地方移出来，放在阳光下暴晒，而是有很多讲究，清代藏书家孙庆增就专门在书中介绍了晒书之法。他提醒大家，由于古代多是线装书，里面容易滋生蠹虫，所以晒书时要把书脊（jǐ）扎线的地方朝上，晒到一定时间后就要把书收回；收书前要一册一册地检查，以便让晒死的蠹虫掉出来，然后等书凉透后才能放入柜中。从这些细节，我们也能看出古人有多么爱惜书本。

在明清两代，晒书习俗仍然盛行。每逢六月初六，如果天气晴好，就连皇宫中也要晒书。不过，这里的书指的是宫中的档案、御制文集等。

到了现代，书的数量与日俱增，印刷、储存的技术也有了很大的进步，我们很少会像古人那样辛苦地晒书了，但他们那种尊重知识、爱护图书的精神是值得我们学习的。

七 节日风仪

春节时，爆竹声声，除旧迎新；中秋夜，明月当空，共庆团圆；端午节，龙舟竞渡，纪念屈原；重阳节，登高望远，赏菊思亲……诗词中的节日，充满了欢声笑语与美好寓意，让我们感受到中华文化的深厚底蕴。

47 一年结局在今宵·除夕

除 夜　　[宋]戴复古

扫除茅舍涤尘嚣，一炷清香拜九霄。

万物迎春送残腊，一年结局在今宵。

生盆火烈轰鸣竹，守岁筵(yán)开听颂椒。

野客预知农事好，三冬瑞雪未全消。

藏在古诗词里的中华文明
礼节风俗

"除夕"是岁除之夜的意思,也叫"除夜""大年夜""除夕夜"等,是农历年的最后一个晚上。宋代诗人戴复古的这首《除夜》,描写了一个很有仪式感的除夕。

在除夕这天,诗人早早地起床,和家人一起做了个大扫除,洗去家里的尘埃。之后,他们燃起一炷香,祭拜了天地。接下来,就是非常重要的年夜饭环节了。你看,那火盆里的火烧得正旺,屋外的爆竹声不绝于耳,在这喜庆祥和的氛围中,年夜饭开席了,大家一起向长辈敬酒,仪式感十足……

七

节日风仪

那么,你有没有想过,"除夕"为什么会叫这个名字呢?有关除夕的传说有很多,其中以仙童"年"除掉怪兽"夕"的说法最为有趣。传说,怪兽"夕"在每年的年关都要出来伤人,就连保护老百姓的灶王爷都拿它没办法。灶王爷只好上天搬救兵,请来了名叫"年"的仙童。"年"法力高强,用烧得噼啪作响的竹筒和红绸吓走了"夕"。于是,这一天就被称为"除夕"。后来人们也学着仙童的办法,在除夕这天贴红窗花、红年画、红福字等,还要放爆竹来驱赶夕兽。慢慢地,除夕就有了"贴年红""放爆竹"的习俗。

在这一天,人们还要举行祭祖活动。每个时代、每个地区的祭祖礼仪与形式有所不同,有的人家会去祠堂祭祖,有的会去野外祭拜祖墓,还有的在家中祭拜先祖。不管用哪一种形式,大家在祭拜时都会准备丰盛的祭品,以祈求先祖的保佑。

祭祖之后,最重要的事情就是一家老小围坐在一起吃香喷喷的年夜饭了。各个时期的年夜饭各具特色,发展到现在,年夜饭越发丰盛,但一般少不了鱼。"鱼"和"余"谐音,寓意"年年有余""吉庆有余"。

美美地吃完年夜饭,人们会把家里的火烛都点燃,然后聚在一起守岁,也叫"熬年"。为了熬过年关,大家都不睡觉,围坐在一起聊天、玩耍,等待新年的到来。宋代诗人苏轼在《守岁》中就写道:"儿童强不睡,相守夜欢哗。"从这可以看出,即便是孩童,在除夕夜里也不睡觉,会聚在一起嬉闹"守岁"。

当然，除夕最让孩子期待的还是给压岁钱的习俗。这一习俗最早可以追溯到汉代，一般是长辈把压岁钱派发给晚辈，寓意是镇恶驱邪、祈求平安。

直到现代，除夕依然有这些热闹的习俗，让大家对过年这件事充满了期待。

48 爆竹声中一岁除·春节

元 日　　［宋］王安石

爆竹声中一岁除，春风送暖入屠苏。
千门万户曈(tóng)曈日，总把新桃换旧符。

礼节风俗

王安石曾官拜北宋宰相，为了让老百姓过上好日子，他发起了一场轰轰烈烈的改革，也就是历史上有名的"王安石变法"。在他准备大刀阔斧变法的时候，家家户户正忙着过春节，他看在眼中，想到变法后的新气象，心中非常欣喜，从而写下这首欢快、积极的诗。

诗中的"元日"指的是农历正月初一，也就是我们非常熟悉的春节。春节也叫"新春""新岁""岁旦"，是我国最热闹、最盛大、最隆重的传统节日。一般认为，春节起源于殷（yīn）商时期年头岁尾的祭神祭祖活动。如今，春节和清明节、端午节、中秋节一起被称为"中国四大传统节日"。

宋代的春节有多热闹，我们看看王安石的这首诗就知道了。"爆竹声中一岁除"，这告诉我们，宋代春节就有"放爆竹"的习俗了。最早的"爆竹"就是燃烧竹子，竹子会爆裂而发出响亮的声音。传说祸害人间的年兽最害怕这种动静，所以除夕、春节人们都会燃放爆竹。随着火药的出现，人们制造出了威力更大的"炮仗"，把单个的炮仗连接在一起，就成了我们熟悉的"鞭炮"。你听，在噼里啪啦的鞭炮声中，旧的一年过去了……

再来看看第二句诗，"春风送暖入屠苏"，说的是宋代过春节时的另一种习俗——喝屠苏酒。据说，这种酒最初是由名医华佗配制的，全家人都可以喝，能够起到预防疾病的作用。有的地方还会把配制屠苏酒的药包用袋子封好，浸没在井水中，希望这样做可以让一家人在新的一年里没病没灾。

七
节日风仪

宋代的春节还有"换桃符"的习俗，也就是王安石所说的"总把新桃换旧符"。古人认为桃木有驱鬼辟邪的作用，早在周代，人们就会在大门两旁悬挂长方形的桃木板，上面写着神荼（tú）、郁垒两位神灵的名字，或者画着他们的画像，这就是最早的桃符。到了春节这天，人们会把旧的桃符取下来，换上新的桃符，代表着辞旧迎新。

慢慢地，人们开始在桃符上写一些吉利的话语，还用纸张来代替桃木板，这就有点像春联了。到了五代十国时期，后蜀君主孟昶（chǎng）亲笔写下"新年纳余庆，嘉节号长春"的联语，被认为是最早、最规范的春联。不过，到了明代，春联才真正盛行起来，于是换桃符的习俗逐渐被贴春联取代了。贴春联的时间也有所变化，有的地方是在除夕贴，有的地方到了春节才贴，也有过小年（农历腊月二十三或二十四）时就早早贴上春联的。

49 六街灯火闹儿童·元宵节

京都元夕　　［金］元好问

xuàn
袨服华妆着处逢,六街灯火闹儿童。

长衫我亦何为者,也在游人笑语中。

（七）节日风仪

"元夕"是元宵节的别称。在这个阖（hé）家团圆的节日里，金代诗人元好问没能回家，独自一人在京城过节。

元宵节这天，闹市中挂起了各式各样的花灯。诗人走上街头，放眼望去，只见人们穿着华丽的衣裳，女子还画着精致的妆容，成群结队地欣赏着花灯，孩童们则在街上追逐玩闹。诗人只穿了一件朴素的长衫，在人群中显得有些格格不入。不过，他很快就被游人的欢笑声所感染，跟着众人一边赏花灯，一边猜灯谜。

这首诗浅显易懂，富有情趣，表达了诗人在元宵节的欢乐之情，也为我们描绘了一幅元宵民俗风情画。

元宵节也称"上元节""灯节"，在每年农历正月十五，是正月里除春节之外另一个重要的节日。至于元宵节的来历，有很多种说法，其中一个说法与汉文帝有关。

相传，汉高祖刘邦死后，政权落到了他的妻子吕后的手中，吕氏一脉愈发势力滔天。吕后死后，她家族的人担心会遭到迫害，便决定夺取汉室江山。幸好齐王刘襄（xiāng）和老臣周勃、陈平等人起兵讨伐，在正月十五这天铲除了吕后一族的势力。之后，众大臣拥护刘邦的第四个儿子刘恒登基为帝，史称"汉文帝"。汉文帝为了庆祝成功平定吕乱，就把正月十五定为节日。到了汉明帝的时候，元宵节多了赏灯的习俗。人们不但会在自家悬挂彩灯，还会走出家门，到灯会上观赏各式各样的花灯，气氛十分热闹。

随着时间的推移，元宵节的民俗活动越来越丰富多彩。除了赏花灯、闹花灯，还有猜灯谜、放烟花等娱乐活动。

古人还会在元宵佳节舞狮子。舞狮有"文狮"和"武狮"之分,文狮温顺可爱,会做些抖毛、打滚等简单有趣的动作;武狮凶猛好斗,会做跳跃、翻滚、登高等高难度动作。不管哪一种舞狮,都会吸引人们的围观,叫好声不绝于耳。

元宵节还有"迎紫姑"的习俗。相传,紫姑是一个善良的姑娘,但在正月十五这天因穷困而死。人们非常同情她的遭遇,便用稻草或布头扎成紫姑的模样,在她经常劳动的地方,如厨房、厕所或猪栏,迎接、祭拜她。唐代诗人李商隐就写过"身闲不睹中兴盛,羞逐乡人赛紫姑"的诗句。此外,在元宵节,人们还吃元宵。圆圆的元宵象征着一家人团团圆圆、和和美美。软软糯(nuò)糯的元宵,咬上一口,里面就会流出香香甜甜的馅料,十分美味。

那么,你知道元宵是怎么做的吗?北方的元宵是把馅料捏成小球,再放在铺着干糯米粉的箩筐里不停地滚动、摇晃,滚着滚着,就滚出了一个个洁白的元宵;南方在元宵节吃的汤圆是用糯米粉加水做成皮,再把馅料包进去做成的。

吃完元宵,人们还可以出门去观看踩高跷(qiāo)、划旱船、扭秧歌等民俗表演。这些习俗让元宵节充满了欢声笑语,热闹非凡。

50 巳日帝城春·上巳节

上巳 [唐]崔颢

巳日帝城春，倾都祓禊晨。

停车须傍水，奏乐要惊尘。

弱柳障行骑，浮桥拥看人。

犹言日尚早，更向九龙津。

藏在古诗词里的中华文明
礼节风俗

上巳节在每年的农历三月初三,是我国的传统节日。唐代诗人崔颢在这首诗中向我们展示了古人过上巳节的盛况。

上巳节时,长安城外春色撩人,风景正好,人们倾城而出,一大早就在水边举行祭礼。礼乐声响彻云霄,惊起了层层尘土;河岸边的柳树在春风中摇曳(yè)生姿,遮住了行人和马车。放眼望去,水面浮桥上人群涌动,哪怕日落西山,天色渐晚,人们嘴上仍说着"时间还早",还要到九龙渡口一带继续欣赏春色。

那么,上巳节到底是一个什么样的节日呢?在很久以前,人们就有在农历三月初三祭祀出游的习俗,据说这是为了纪念古华夏部落联盟首领黄帝。

相传,黄帝年纪轻轻就成了部落首领。在他的治理下,部落势力日益壮大,农业生产迅速发展。古人认为是黄帝为人们带来了文明,为了纪念他,就将他的诞辰农历三月初三定为上巳节。当然,这只是上巳节由来的一种说法,也有人说上巳节是为了纪念"人文始祖"伏羲(xī)氏,或是纪念道教真武大帝而设立的。

春秋时期,上巳节已经比较流行。到了汉代,上巳节成了一个正式的节日。在上巳节这天,不论是王公大臣,还是平民百姓,都会去河岸边"祓禊"。祓禊也称"祓除",指在

七 节日风仪

水边举行祭礼，并用浸泡了香草的水沐浴，人们认为这样可以祛除疾病和不祥。

除了祓禊外，上巳节还有互相赠送兰草、水边饮宴、郊外游春等活动。到了魏晋南北朝时期，上巳节的习俗活动更加丰富。有一种活动特别有意思，那就是"临水浮卵"。人们会把煮熟的鸡蛋放在河水中，随它到处漂流，谁捡到了谁就可以吃。

后来，文人墨客把这个活动变成了更加文雅的"曲水流觞"。大家坐在弯弯曲曲的河渠两旁，在上游放上酒杯，让其顺流而下，停在谁的面前，谁就要取杯饮酒，喝完还要作诗一首，要是做不出来，就要罚酒三杯了。历史上许多文豪都参加过曲水流觞，其中不乏"书圣"王羲之这样的文化名人，许多让人拍案叫绝的文学作品也是在曲水流觞中诞生的。

在崔颢生活的唐代，上巳节是非常重要的节日之一。可惜从宋代开始，上巳节就渐渐被人们遗忘了。现在，只有在我国西南一些少数民族地区还能找到上巳节的影子。

51 寒食东风御柳斜·寒食节

寒 食 〔唐〕韩翃(hóng)

春城无处不飞花,寒食东风御柳斜。

日暮汉宫传蜡烛,轻烟散入五侯家。

七
节日风仪

韩翃才华出众，却一直没有得到朝廷的重用，没想到一首《寒食》竟然改变了他的命运——身在宫中的唐德宗读过这首诗后，对他产生了好印象，还将他晋升到一个不错的职位，这样的事情就连韩翃自己都不敢相信。

那么，这首诗为什么会有这么大的魅力呢？原来，韩翃在诗中描绘了两幅精彩的画卷，第一幅是"长安春景图"，一句"春城无处不飞花"，让人仿佛看到了满城落英缤纷的画面；第二幅是"傍晚传烛图"，韩翃抓住了寒食节的习俗，写出了民间不能生火点灯，皇宫却会将蜡烛赐给臣子这一现象，那袅（niǎo）袅的轻烟弥漫在王侯贵戚的家中，让人不由得生出许多感慨。

诗中的寒食节也叫"禁烟节""冷节"，又因为这个节日在冬至后的第一百零五天，所以又有"百五节"的叫法。

目前有一种观点认为寒食节禁火的习俗起源于远古时的"改火"习俗。那时候，取火是个大工程，因为取火颇为费力，所以只能想办法让火一直燃着，保留火种。但春天气候干燥，容易起火，古人就要把上一年的火种熄灭，等春雨降临后再重新取火。至于"改火"需要多少天，各地并不统一，有需要三天、五天的，甚至还有需要七天的。

还有人认为，寒食节和春秋时期的晋国名士介子推有关。相传，介子推追随公子重耳在外逃亡了十九年，等重耳当上晋文公后，介子推却隐居深山，不肯接受封赏。晋文公为了把他逼出来，竟然下令放火烧山，可介子推宁愿和母亲一起抱树而死，也不肯现身。

晋文公无比懊悔，为了纪念介子推，便规定以后每年的这一天都不准生火做饭，只能吃冷食。

因此，在寒食节来临前，人们要提前备好足够的熟食，在节日这天直接以冷食下肚，这就是"吃寒食"的习俗。

古人也会在寒食节扫墓祭祖，经常是一家人或一族人来到先祖的墓地，祭拜后添上新土、挂上纸钱，把"子推燕"（做成燕子形状的面食）、"蛇盘兔"（做成蛇盘绕兔子形状的面食）从坟顶滚下来，然后用柳枝穿起，放在房中高处，意思是沾一沾先祖德泽。

在韩翃生活的唐代，寒食节踏青也很盛行，祭拜扫墓之后，人们可以四处游玩，欣赏春天万物复苏的景象。

所以对古人来说，寒食节是一个比较重要的节日。可惜的是，由于上巳节、寒食节与清明节时间接近，在漫长的历史发展过程中，清明节逐渐吸收了上巳节、寒食节的内容，这两个节日也就慢慢被大家遗忘了。

52 清明时节雨纷纷·清明节

清 明　　［唐］杜牧

清明时节雨纷纷，路上行人欲断魂。

借问酒家何处有？牧童遥指杏花村。

晚唐内忧外患，杜牧虽然有将相之才，却不能上阵为国家效力。因此他心情郁闷，只得常常出游，让自己想开一点。这首诗就是他在池州（今安徽池州）任职期间，到杏花村春游时写下的。

让我们跟随着时光，一起穿越到千年前的唐朝吧。清明时节，天空下起了绵绵细雨，路上的行人们却没有急着找地方避雨，而是失魂落魄、无精打采地慢悠悠地走着。杜牧看见这样的画面，心中涌出了万千愁绪，想找个地方借酒消愁。他向牧童打听哪里有酒家，牧童指着远处的杏花村……

人们之所以如此忧愁，是因为清明节是祭祖和扫墓的日子。清明节大约始于周代，距今已有2500多年的历史了，也被称为"踏青节"等，在每年公历4月5日前后，是我国最隆重盛大的祭祖大节。有意思的是，清明节原本与寒食节、上巳节日期相近，可随着时间的推移，它慢慢地吸收了寒食节、上巳节的部分习俗，成了一个更大的节日。

清明不仅是一个节日，还是二十四节气之一。古人通过观察发现，清明一过，气温就会升高，雨量也会增多，正是春耕春种的大好时节，所以才有"清明前后，种瓜种豆"的说法。

在杜牧生活的唐代，清明节是非常重要的节假日。唐玄宗时，从寒食节到清明节一共要放四天假。到了唐德宗的时候，假期更是延长到了七天。人们很重视这个节日，会精心地准备拜祭用的物品。

人们在扫墓时，会修整坟墓，培上新土，把带来的酒食、果品等供奉在墓前；在燃烧纸钱的同时，说一些缅怀先祖的话，或者祈

七 节日风仪

求先祖的保佑。人们还会折下柳枝，插入春泥，等待它生机勃发。

扫墓祭祖仪式结束后，人们不会马上回家，而是会到风景秀丽的郊外远足踏青，欣赏生机勃勃的春日风光。这就是清明踏青，在古代也叫"探春""寻春"。人们在清明节还会参加一些有意思的活动，像拔河、放风筝、蹴鞠（cù jū）、射柳、斗鸡、荡秋千等。

拔河最早叫"牵钩"，是指双方各抓着绳子的一端，比拼力气。到了唐朝，才有了拔河这个名字。据说，唐玄宗曾在清明时举办过大型拔河比赛，也是从这时起，拔河成了清明节的习俗之一。

蹴鞠就是用脚踢球。鞠是一种皮球，球皮用皮革做成，球内用毛或米糠塞满。在唐宋时期，蹴鞠尤为盛行，特别是到了清明节，人们常会叫上亲朋好友，在户外来一场蹴鞠大战。

玩耍累了，人们还可以吃一种特别的清明食物——青团，也叫"清明果""艾叶粑（bā）粑"，是将艾草的汁拌进糯米粉里和成面团，再用面团包裹馅料做成的，吃起来甜而不腻，有一种独特的清香。

53 佳节又端午·端午节

六幺令·天中节　　[宋]苏轼

虎符缠臂，佳节又端午。门前艾蒲(pú)青翠，天淡纸鸢舞。粽叶香飘十里，对酒携樽俎(zūn zǔ)。龙舟争渡，助威呐喊，凭吊祭江诵君赋。　　感叹怀王昏聩(kuì)，悲戚秦吞楚。异客垂涕淫淫，鬓(bìn)白知几许？朝夕新亭对泣，泪竭(jié)陵阳处。汨(mì)罗江渚，湘累已逝，惟有万千断肠句。

礼节风俗

"天中节"是端午节的别称，在每年的农历五月初五。宋代词人苏轼的这首《六幺令·天中节》为我们描述了宋代人过端午佳节的情景。

又是一年端午，手巧的妇人们将布帛缝制成小老虎的模样，挂在儿童的手臂上，希望能避恶消灾；人们还会将青翠的艾叶、菖蒲悬挂在门上或是插在门前，又在纸鸢上写上灾祸病痛的名称，再把它放飞到远方，祈求平安健康。

在端午节，人们还要吃粽子，喝雄黄酒，然后去江边看龙舟比赛，为健儿们呐喊助威。可在这热闹的氛围中，还有一些人在江边祭奠屈原，朗诵着他的作品《离骚》……

这首词既有对端午盛况的详细描写，又有对历史的感怀，而且词中有景，景色如画，画里有情，因此备受人们的称赞。

那么，端午节是怎么和屈原联系在一起的呢？原来，屈原是战国时期楚国的大臣。他非常正直，想为国家做贡献，

七 节日风仪

却得不到楚怀王的重用。楚怀王死后，昏庸的楚顷襄（qǐng xiāng）王听信了小人的坏话，把屈原流放到南方偏僻的地方。在流放途中，他先后写下了忧国忧民的《离骚》《天问》等旷世诗歌。

后来在鄢郢（yān yǐng）之战中，楚国被秦国攻破，屈原眼睁睁地看着自己的国家破灭，心如刀割。于是在农历五月初五这天，他在写下绝笔诗《怀沙》后，抱着石头跳入了汨罗江中，结束了自己郁郁不得志的一生。

江边的百姓听闻屈原投江后，纷纷划船去营救，奈何连他的尸体都没有捞到；人们还担心鱼虾会啃食屈原的身体，就把饭团投入江中，说是要喂饱鱼虾，以免鱼虾啃食屈原的尸体。从此以后，各地百姓为了纪念屈原，便在每年农历五月初五这天，在江河上赛龙舟和吃粽子。

除了赛龙舟、吃粽子外，端午节还有很多与驱虫、防病有关的习俗。这是因为端午节处于春夏交界的时候，气温升高，很多毒虫也开始频繁出没，所以民间有"端午节，天气热，'五毒'醒，不安宁"的说法。"五毒"指的是蜈蚣、毒蛇、蝎子、

壁虎、蟾蜍这五种毒虫。所以人们会在端午节挂艾草、插菖蒲，好让它们的气味驱走毒虫。

另外，古人还会在端午节泡草药澡，因为他们认为端午节这天草药的药性最强，用来泡澡不但能够祛除身体内的邪气，还有助于治疗一些病症。

孩子们还可以在端午节佩戴五彩绳。五彩绳是用青、红、白、黑、黄五种颜色的丝线拧成一股制成的，古人把它系在孩子的手腕上，认为它能够驱邪避灾。后来，人们还给小孩子佩戴长命锁和装有药材的香包，祈愿他能无灾无难、长命百岁。

端午节发展至今，依然有许多习俗延续下来。这些习俗不仅记录了古人丰富多彩的民俗生活，还反映出我国博大精深的历史文化内涵。

54 七夕今宵看碧霄·七夕节

乞 巧　　［唐］林杰

七夕今宵看碧霄，牵牛织女渡河桥。
家家乞巧望秋月，穿尽红丝几万条。

藏在古诗词里的中华文明
礼节风俗

唐代诗人林杰从小就特别聪明，据说他六岁就能赋诗。幼年时的他，对乞巧节背后的美丽传说很感兴趣，仰头观看天河两旁耀眼的两颗星，期待看到它们相聚。这两颗星就是牵牛星和织女星。传说，贫穷的牛郎和天上的织女相爱了，还结成了夫妻。可王母娘娘要拆散他们，带走了织女。牛郎挑起一对儿女在后面紧紧追赶，却被王母娘娘变出的"天河"拦住。不过，在每年的农历七月初七，好心的喜鹊会用自己的身体搭起鹊桥，让牛郎织女得以相会。

因此，在七夕节的晚上，古人会在庭院中"坐看牵牛织女星"，妇女们则会准备祭品，虔诚地祈求得"巧"（技艺），希望自己能获得像织女一样灵巧的技艺，也祈祷能有一段美好的姻缘。

乞巧节的活动丰富多彩，像"穿针乞巧"就是最早的乞巧方式，始于汉代。在七夕夜，古代女子们手持五彩丝线，向着月光比赛穿七孔针，谁先穿完就是"得巧"，穿得慢就是"输巧"。相传，南朝的齐武帝建了一座城楼，让宫人登楼穿针，称为"穿针楼"。

在南北朝时期，"喜蛛应巧"活动盛行，人们会把抓到的小蜘蛛放进盒子里，等第二天打开，看

(七) 节日风仪

看蜘蛛结网的情况。如果网织得密，形状圆满、美观，就是"得巧"。

明清时还出现了"投针验巧"的习俗。它源于穿针，又不同于穿针。在七夕节的前一天，女子会在碗里盛上一半雨水、一半井水，在露天处放一晚，再经七夕正午暴晒，此时水面上会生成一层夹杂着灰尘的薄膜。她们把绣花针放在水面，使它浮而不沉，然后观察水底针影，若针影形成各种形状就是"得巧"，若针影是笔直的一条线，便是乞巧失败。

另外，清朝时人们还想出了"种生得巧"的活动。七夕前，人们会把绿豆、小麦等泡在瓷碗中，等待它们发芽，这个过程被称为"种生"或"泡巧"。新长出的小芽叫"巧芽"，可以用红蓝丝绳将巧芽扎成一束，用来拜神乞巧。也有些地区会在七夕把泡好的巧芽剪下来做汤喝。

这些乞巧活动的主要参与者是女孩，所以七夕又被称为"女儿节""乞巧节"。爱美的女孩们还会在节日染上指甲，而颜料是用不同的花草制成的。

另外，七夕节有拜魁（kuí）星、晒书晒衣的习俗。魁星也称"魁首"，是北斗七星之一。古人认为魁星主宰文学，学子在七夕节拜魁星，祈求能在科举中一举夺魁。此外，七月七日艳阳高照，传说龙王爷会在这天晒龙鳞，所以古人会在这天晒书晒衣，以防虫蛀。

古代的孩子也很喜欢过七夕节。他们会在这天买一种泥巴做的玩偶，叫"磨喝乐"，这种小小泥偶手里拿着荷叶，样子十分可爱。他们还能吃到用油、面、糖、蜜做成的"巧果"，巧果有各种不同的样子，味道又香又甜，非常可口。

55 六宫最重中元节·中元节

宫　词　　[宋]王仲修

殿阁新秋气象清，玉阶露冷半雕甍(míng)。

六宫最重中元节，院院烧香读道经。

七 节日风仪

中元节是我国传统祭祖节日，也叫"鬼节""七月半""盂（yú）兰盆节"，在每年农历七月十五（也有一些地方在七月十四过节）。宋代诗人王仲修的这首《宫词》描绘了宫廷内过中元夜的情况。当时宫廷之中最看重的节日就是中元节，每到这一天，每一座宫院里都会烧香祭拜、读道经。

其实，中元节读经文、祭拜的习俗不仅在宫中盛行，在民间也很常见。那么，中元节是怎么来的呢？

早在先秦时期，劳动人民会在农历七月品尝刚收获的新鲜粮食和果蔬，还会把这些劳动果实供奉给神灵和祖先，这种做法叫作"秋尝"。

后来，道教将中元节固定为"七月半"。传说，故去的祖先会在这一天回人间看望子孙后代，其他孤魂也会出来捣乱。所以道观会在这一天举行规模盛大的法会，道士们连夜诵经，人们也会以燃烧纸钱等形式祭祀祖先。

至于中元节的别称"盂兰盆节"则是佛家的叫法，起源与佛家"目连救母"的传说有关。相传，孝顺的目连看到自己的母亲在地府遭受折磨，十分心疼，便去请求佛祖的指点，希望能救出母亲。佛祖让他准备各种素菜、水果，在七月十五这天供给各地的僧人，这些僧人会一起为他母亲祈祷，让她脱离苦海。这个故事传开后，人们都学着目连的样子，在"七月半"准备食物供养僧人，以此寄托对父母的一片孝心。

慢慢地，民间的祭祖活动与道家的"中元节"、佛家的"盂兰

盆节"融合，形成了现今的中元节。

有一些地方还有"放河灯""跳天灯"的风俗。古人会将河灯放入江河湖海之中，让它随着水流漂向远方。这样做，一是为了祭奠逝者，二是为了祈祷家人安康。

"跳天灯"则是在空旷、平坦的地面上摆放许多盏灯，人们在木鱼声中有规律地在灯盏中穿行跳跃，给中元节带来不一样的热闹氛围。

在现代，到了中元节，很多地方还会举行祭祖活动，人们会在家里供奉祖先的牌位，还要摆上贡品和香烛，以表追思之情。

56 明月几时有·中秋节

水调歌头　　［宋］苏轼

丙辰中秋，欢饮达旦，大醉，作此篇，兼怀子由。

明月几时有？ 把酒问青天。不知天上宫阙，今夕是何年。我欲乘风归去，又恐琼楼玉宇，高处不胜寒。起舞弄清影，何似在人间。　转朱阁，低绮户，照无眠。不应有恨，何事长向别时圆？人有悲欢离合，月有阴晴圆缺，此事古难全。但愿人长久，千里共婵娟。

北宋熙宁九年（1076年）的中秋夜，苏轼喝了个大醉，他举着酒杯望着明月，而后写下了这首词。在词中，他遥想天上的宫殿，很想乘着清风扶摇而上去看一看，可是又害怕仙界楼台太高了，自己经受不住寒冷。

在大醉之时，他质问月亮，为什么在他与亲人分别的时候格外圆呢？然而，他心里也明白，自古以来人世间的悲欢离合就和月亮的阴晴圆缺一样很难周全，只能希望远方的亲友能平安快乐，即使相隔千里，也能一起欣赏同样的月色，这就相当于团圆了。

古人写中秋节的诗词有很多，苏轼的这首词一出来，其他的作品就显得黯淡无光了。词中的中秋节，在每年农历八月十五，是我国重要的传统节日，也叫"祭月节""团圆节"等。

中秋节由来已久，是由"祭月"的古老习俗演变而来的。因为古人十分崇拜月亮，认为月亮与农耕、季节有关，所以在秋季祭拜月亮。汉代就有了"中秋"的说法；而到了晋代，出现了中秋赏月的记载；大约在唐代，中秋节成了固定的节日。在苏轼生活的宋代，中秋节已经成为普遍的民俗节日了。

在中秋节发展演变的过程中，人们将节日与神话故事结合。像

七 节日风仪

"嫦娥拜月""吴刚伐桂""玉兔捣药"等，都是大家耳熟能详的神话故事，让中秋节变得无比浪漫。

那么，中秋节都有哪些常见的习俗呢？首先，中秋有祭月的习俗，人们会用丰富的美食祭拜月亮，祈求福运的降临。

在湖广一带，还有中秋节燃灯的习俗。人们会在竹条扎成的灯笼上绘上鱼虫鸟兽的图案，写上"庆贺中秋"的字样，并将灯笼挂在家中的高处。

中秋节还有观潮的习俗。尤其是在浙江一带，每到中秋节前后，都会有不少人聚在钱塘江观潮，甚至还有许多外地人不远千里赶来，想要一睹钱塘江大潮的风采。

中秋节的饮食也极具特色，其中最有代表性的就是月饼了。月饼本来是祭月时的供品，因为它的形状圆圆的，象征着团圆，所以人们会相互赠送，以表祝福。此外，中秋节还有赏桂花、饮桂花酒等习俗。

在中秋节的夜晚，人们坐在庭院里，一边赏月，一边分食月饼，这是一件多么惬意的事啊！

57 每逢佳节倍思亲·重阳节

九月九日忆山东兄弟　　〔唐〕王维

独在异乡为异客，每逢佳节倍思亲。
遥知兄弟登高处，遍插茱萸(zhū yú)少一人。

七

节日风仪

　　唐代诗人王维年少时远离家乡，独自漂泊在外。在农历九月九日这天，他格外思念远方的亲人。在这首诗中，他遥想兄弟们在这一天一起登高，大家都身插茱萸，唯独缺少了他一个人。诗句朴素自然，却写出了他心中的孤独凄凉，也表达了他强烈的思乡之情。

　　王维提到的"九月九日"的佳节，就是重阳节。在上古时代，人们有在秋季丰收时节祭天祭祖的习俗，这就是重阳节的起源。而重九成为节日，则可以追溯到汉代。

　　在王维生活的唐代，人们会在这一天举行各式各样的活动，祭祖就是其中之一。如果说清明节是春祭，那么重阳节就是秋祭。在收获的日子里，人们会准备丰盛的食物祭拜祖先以示孝道，同时也会祈求先祖的保佑。

　　重阳节还有很多别称，比如"登高节"。就像王维在诗里描写的那样，在重阳节这天，古人会与亲朋好友一起登高。至于登高所到之处，则没有统一的规定，大家可以登高山、高台或高塔。这时候秋高气爽，登高望远可以让人心旷神怡。诗人们往往有感而发，写下无数名篇佳作。像李白在登高后就写下了一首《九月十日即事》；杜甫的《登高》更是千古名篇，其中一句"无边落木萧萧下，不尽长江滚滚来"被人们广为传颂。

　　在登高的同时，人们还会头插茱萸，或者佩戴装有茱萸籽的"茱萸囊（náng）"。人们一般会将茱萸囊挂在胸前、佩戴在腰间或系在手臂上，这样能起到驱虫除湿、祛除风邪的作用。

　　重阳节也叫"敬老节"。古人认为，"九"在数字中是最大的，

有长久、长寿的意思，于是人们就把九月九日重阳节定为敬老的日子。在这一天，要举行敬老宴，祝愿老年人健康长寿。

重阳节还被称为"菊花节"，这是因为菊花恰好在这段时间盛开，人们可以一起赏菊花、饮菊花酒。

在这一天，人们还能吃到美味的重阳糕（有些地区也叫"花糕""五色糕"等）。重阳糕一般有九层，看上去就像漂亮的宝塔，有着步步登高的寓意。现在的重阳糕没有以前那么讲究了，一般是一些松松软软、五颜六色的糕点。

58 冬至阳生春又来·冬至

小 至

［唐］杜甫

天时人事日相催，冬至阳生春又来。
刺绣五纹添弱线，吹葭(jiā)六管动浮灰。
岸容待腊将舒柳，山意冲寒欲放梅。
云物不殊乡国异，教儿且覆(fù)掌中杯。

藏在古诗词里的中华文明
礼节风俗

又到一年冬至，冬日将尽，春天快要到来，这让漂泊异乡的杜甫不禁生出一些喜悦之情。于是，他泼墨挥毫，写下了这首有名的冬至诗。

在诗中，杜甫用巧妙的笔法描绘了一幅充满生活气息的冬至图景：那刺绣姑娘正添丝加线赶做迎春的新衣，河岸边的柳树将要舒展枝条，山上的蜡梅也将冲破寒气傲然绽放……虽然还是冬天，可处处都透露出春天的信息，让人不知不觉受到感染，心中充满对春天的期待。

诗中提到的"冬至"，既是节日，又是节气，也叫"冬节""长至节"，指的是公历12月21日—23日之间的一天。在这一天，北半球白天最短，黑夜最长。古人认为，从这一天起，阳气会逐渐增长，就像诗中说的那样，"冬至阳生春又来"。

在冬至，古人有"数九"的习俗，也就是在墙上贴"九九消寒图"，图上有一枝梅花，九朵梅花共有81个花瓣，每个花瓣代表一天。从冬至这天开始，每天给一个花瓣染上颜色，将所有的花瓣染完，也就是过了九九八十一天，冬天就彻

七 节日风仪

底结束了,春天也就到了。

古人还发明了一种文字版的"九九消寒图",就是写着"庭前垂柳珍重待春风"九个大字的字帖。这几个字的繁体字都是九画,每天涂抹一笔,所有的字都涂完就过完了九九八十一天。

从汉代起,冬至成了一个正式的节日。官府举行祝贺仪式,叫作"贺冬";民间的商铺也会停业休息,大家互相拜访,叫作"拜冬"。因为人们很重视冬至节,所以还有了"冬至大如年"的说法。到了宋代,冬至节还要举行祭祀活动。现在我国很多地方还有冬至祭天祭祖的习俗。

北方地区冬至要吃饺子,还有"冬至不端饺子碗,冻掉耳朵没人管"的说法。

相传,这个习俗和东汉的"医圣"张仲景有关。张仲景的《伤寒杂病论》中记载了一个药方,叫"祛寒娇耳汤"。这个"娇耳"也就是我们现在所吃的饺子。

据传,张仲景看到很多穷人在冬天冻烂了耳朵,十分心疼。为了帮人们驱寒,他在冬至这天支起大锅,把羊肉放进锅里煮熟,再捞出来切碎,用面皮包成耳朵形状的食物,起名"娇耳"。病人吃着娇耳,

再喝一碗热乎乎的羊肉汤，全身都暖烘烘的，冻伤的耳朵也就能很快康复了。后来，人们就学着张仲景的做法，在冬至这天包饺子、喝羊肉汤。

南方地区在冬至节要吃"冬至团"。这种食物和汤圆很像，也是用糯米粉加馅料做成的。不过，馅料种类更多，有肉、菜、果等。不管是饺子、羊肉汤，还是冬至团，都能在寒冷的冬天带来融融暖意，也表达了人们对美好生活的向往。

59 争知腊八是今辰·腊八节

腊八危家饷粥有感　　［宋］赵万年

襄阳城外涨胡尘，矢石丛中未死身。

不为主人供粥饷，**争知腊八是今辰**。

南宋抗金时期，襄阳城被敌军围困，作为将领的赵万年带领兵将们死守城墙。他偶然看到城内一位危姓人家在施腊八粥，这才想起当天是腊八节。这首诗不但让我们感受到襄阳军民抗击敌军时同仇敌忾（kài）的精神，还告诉我们宋代民间有过腊八节的习俗。

腊八节是我国的传统节日，在每年农历十二月初八。在古时候，人们会在年末举行一种叫"腊"的祭礼，因为常在冬月用捕获的猎物来祭祀，所以农历十二月也叫"腊月"，举行祭礼这天叫"腊日"，但腊日最初并没有固定的日子。

至于腊八节的出现，有很多种说法，其中有一种说法流传最广。相传，佛祖释迦牟尼因为长时间苦修，又累又饿，昏倒在路边。有两个好心的牧牛女用牛奶混着黏（nián）米和野果，煮成乳糜粥喂给他吃，这才把他救活了。后来，释迦牟尼在一棵菩提树下成佛，这一天刚好是十二月初八。

为了纪念佛祖得道，各地的寺庙会照着牧牛女的做法，煮粥献给佛祖，这就是我们常说的"腊八粥"，也叫"七宝五味粥""佛粥"。很多寺庙还会把熬好的佛粥分给老百姓，和大家一起分享平安和幸福。

除了这个传说外，民间还有"明太祖朱元璋熬腊八粥""岳家军饱餐腊八粥"等故事，为腊八节增添了很多趣味性。喝腊八粥也成了腊八节的主要习俗。在不同的朝代、不同的地区，腊八粥的用料有所不同，如宋代杂史《武林旧事》中记载，人们用胡桃、松子、柿、栗等食物熬制腊八粥；清朝风俗杂记《燕京岁时记》中记载，当时的北

七 节日风仪

京人用黄米、白米、菱角米、杏仁、瓜子、花生、松子等数十种杂粮制作腊八粥。

腊八节这天，有些地区还会酿腊八醋，吃腊八蒜。腊八醋就是用醋泡大蒜后酿成的醋，醋里的蒜就是腊八蒜。腊八醋里的大蒜要泡到大年初一。初一吃饺子时，蘸（zhàn）着腊八醋，再吃上一颗泡得碧绿的如同翡翠的腊八蒜，别有一番滋味。

还有一些地区有吃腊八面、腊八豆腐的习俗，而这些饮食习俗与当地的饮食习惯息息相关。

腊八节的饮食习俗绝大多数保留到了现在，特别是腊八粥，深受人们的喜爱。在寒冷的天气里喝一碗暖暖的腊八粥，会让人感到无比的温暖。

60 灶君朝天欲言事·祭灶节

祭灶词　　［宋］范成大

古传腊月二十四，灶君朝天欲言事。

云车风马小留连，家有杯盘丰典祀。

猪头烂熟双鱼鲜，豆沙甘松粉饵团。

男儿酌献女儿避，酹酒烧钱灶君喜。

婢子斗争君莫闻，猫犬触秽君莫嗔。

送君醉饱登天门，勺长勺短勿复云，

乞取利市归来分。

七
节日风仪

腊月还有"祭灶节",也叫"小年"。宋代诗人范成大用一首诗写出了一家人过祭灶节的热闹情景。

相传,在这一天,灶王爷要上天言事,也就是向玉皇大帝汇报工作,顺便讲讲这家人做了哪些好事和坏事,然后玉皇大帝会根据这家人的行为决定他们下一年的运气好坏。为了让灶王爷多说些好话,这家人准备了不少美味的供品。在祭拜灶王爷的时候,这家人又是敬酒,又是烧纸钱,想让灶王爷感到欢喜。

诗中还特别指出,祭灶节是在腊月二十四,不过这是南方过祭灶节的日子,北方一般是在腊月二十三过节。虽然时间有所不同,但很多风俗都是一样的。

在祭灶节这天,最重要的环节就是"祭灶神"。灶王爷的画像(有的画像只有灶王爷一人;有的画着男女两人,即灶王爷和灶王奶奶)常贴在灶台的上方,两旁还贴着对联,一般都写着"上天言好事""下界保平安"之类的文字。在这一天,人们会像范成大诗中描写的那样,尽可能地拿出最丰盛的供品祭拜灶王爷。灶糖是一种特别的供品,有圆形的糖瓜,

207

也有长条状的关东糖，都是用麦芽糖、米等熬制成的，有较强的黏性。人们期望灶王爷吃了灶糖后，能把嘴黏住，这样上天就说不了坏话了。

除了祭灶神，各家各户还要早早起床扫尘土，不但要扫净地上的尘土，还要擦窗户、洗衣服、刷洗锅碗瓢盆……可以说是做了一次彻底的大扫除，这也被称为"扫年""扫尘"，有辞旧迎新的意味。

手巧的女子还会在这天剪窗花、贴窗花。那美丽的窗花纸，展开就是一幅喜庆美观的图案，内容有"福"字、"五谷丰登"，还有花鸟鱼虫……窗花可以贴在窗户的中央或四角，能够营造出一种欢乐祥和的氛围。

经过一番辛苦的打扫、整理后，大人小孩的身上也脏了，所以还要好好沐浴一番，把身上的脏污都清洗掉，才能神清气爽地迎接新春的到来。这也是祭灶节的习俗之一。